WU
REN
~~DENG~~
~~HOU~~

无人等候之后

江苏凤凰文艺出版社
JIANGSU PHOENIX LITERATURE AND
ART PUBLISHING, LTD

陈宏荣[猪肉荣]——作品

图书在版编目（CIP）数据

无人等候 / 陈宏荣著. — 南京：江苏凤凰文艺出
版社，2017.7
ISBN 978-7-5594-0780-1

Ⅰ．①无… Ⅱ．①陈… Ⅲ．①长篇小说－中国－当代
Ⅳ．①I247.5

中国版本图书馆 CIP 数据核字(2017)第 143924 号

书　　　名	无人等候	
著　　　者	陈宏荣	
责 任 编 辑	孙建兵	
出 版 发 行	江苏凤凰文艺出版社	
出版社地址	南京市中央路 165 号，邮编：210009	
出版社网址	http://www.jswenyi.com	
印　　　刷	南京新洲印刷有限公司	
开　　　本	880×1230 毫米 1/32	
印　　　张	8.75	
字　　　数	165 千字	
版　　　次	2017 年 7 月第 1 版　2017 年 7 月第 1 次印刷	
标 准 书 号	ISBN 978–7–5594–0780–1	
定　　　价	36.00 元	

（江苏凤凰文艺版图书凡印刷、装订错误可随时向承印厂调换）

新闻路很短，没这么多房子楼宇，71 号不过是《南方晨报》自己挑的门牌号，意为"气死 1 号"、"气 11 号"，而 1 号和 11 号分别是电视台和日报社。

这条不到一公里的路，是深圳最短的路，或许自己要花一辈子去走完。

你以为的难忘，

或许对方早就忘了。

这是一个单恋的年代，我们单恋着梦想、单恋着喜好、单恋着友情、单恋着爱情……或无人等候，或单恋成双。互不亏欠，各自美好。

好朋友有两种：

一种是可以分享喜悦，他真心替你高兴，并且不会说：嘿，那还不快点请我吃饭？

一种是可以分享悲伤，他未必为你悲伤，但是一起骂：靠，真是一个操蛋的世界！

如果只选其一，我会更珍惜前者

能分享喜悦的，都是真心祝福

因为他不会嫉妒

能分享悲伤的，都是同病相怜

只是他也在难过

当然了，如果两者兼得

白头偕老好不好！

总有一些人，一直存在你心里最温暖的角落

你羞涩地保持着距离，温暖着自己

直到有一天你发现

那些念念不忘的人和事

早就把你忘记了

你以为的难忘

或许对方早就忘了

小向往

青春是一个精致的花瓶

故事从你摔碎的那一刻开始

而我

优雅地捡着碎片

血流成河

光影里

一晃而过的故事

沾满了花瓣

在花期的尽头

你迎面走来

笑容可爱

这个世界就像一场飘雨

沾湿了这个城市的浮华

你是如此真实地落在我身边

没有告诉你

你究竟有多好

我默默地守护着你的小向往

太用力会把你捏碎

站在对岸看你

微笑就好

花开一轮

花落一季

愿你

你再也不言离开

第一章　我抓了一手好牌，你却不玩了

李东晓到了北京的五年，原本要爱情事业双丰收的他，突然扑了一个空，就像是满心欢喜地拿了一手好牌，张小沫"啪"的一声摔在了地上，不玩了。

1

李东晓起了个大早，冲进阴冷的洗手间，滴滴答答的流水声，冲散着被窝残留在身体上的暖意。他把洗手间的灯调成橙黄，在他出现的地方，一定要有暖色系，甚至睡觉时一定要开一盏黄色的台灯。

只有这样，他才会觉得自己是被这个世界善待的。

北京的九月份，几分寒意，对于他这样的南方人来说，已经是冬天。洗漱时，他循环播放着费玉清的《一剪梅》，他相信音乐和色彩一样，有冷暖之分。

干净的小寸头、茂密的浓眉和齐整的胡子，勾勒出脸部的轮廓，镜子里的李东晓穿着新买的白衬衫。今天是特别的一天，李东晓甚至故意不让太多人提前知道。

他关上窗户，坐下来喝一杯热水。他给女朋友张小沫发了一条微信："晚上一起吃饭。"

"我晚上有采访走不开。"

李东晓是深圳原住民，在福田中心区的一个村里出生长大，本科毕业后，居然也成了"北漂"，跟着女朋友到了北京。不过，费尽心思、千里迢迢一起到了同一座城市，竟然开始了"异地恋"。李东晓所在的《北报》在金台路，而张小沫所在的网站，在中关村。各自在单位附近租了最便宜的房子，北漂总要有个北漂的样子。

人生的轨迹，从来都是一条试图走直线的曲线。他不想离开深圳，选了深大，结果一毕业就跑到了北京；他偏科严重，上了数学系，结果现在当了记者。如果说规划是一场可有可无的游戏，那么李东晓给别人下足了副本。

一大早，爸爸就打电话来说要把李东晓在深圳的房子租出去，李东晓说了句"你决定就好"便把电话挂了。没想到爸爸又发了微信过来：

"你当真不回深圳啦？"

"我都要当首席了，回深圳干吗？"

几天前，李东晓的顶头上司——深度组的主任老王，就和他交代好准备发言稿，因为今天的报社例会上，就要宣布新的首席记者了。李东晓掂量着每一句话该用什么语气，既不能让同事觉得自己轻浮，又不能让同事觉得名不副实。

早上的办公室似乎在为某种仪式清场，空空荡荡的一个人都没有。李东晓第一次提前到报社，他把手腕上的黑曜石手串取下来把玩着，像是中了大奖的幸运儿，早早来到投注站等着开门领奖，散漫地憧憬着。

当记者的第五年，总算是交出一份漂亮的成绩单。

虽说早早知道答案，但是仪式总是要有的。到了二十楼的会议室，他故意避开扎堆的部门同事，挑一个角落的位置，坐了下来。

北报社的总编辑坐在主席台上，说了很多激动人心的话，大致就是传统媒体不景气，但是我们依旧坚持着自己的新闻理想。半个小时后，才拿出一份名单，宣布各部门的首席记者名单。

"深度组首席记者——"

名单渐渐地接近，李东晓挪了一下屁股，坐到了三分之一的椅面上，身体前倾，深呼吸，这一天终于要来了，头一仰，闭眼，等待着幸运女神的轻吻。

"石磊。"总编辑嘴里吐出这两个字时，并没有什么异常。

李东晓大脑里"嗡"的一声，像是被突如其来的什么东西轰炸一般。缓过神来的时候，石头已经站在主席台上和大家鞠躬。

李东晓手里拽着准备了三天的演讲稿，慢慢地抓往手心，抓成了一团。李东晓瞟了一下四周，发现没有人注意自己，心里庆幸着除了石头，没有人知道老王和自己说过的话。

石头站在主席台前，说："有点意外，我也没有准备，非常感谢领导的认可……"

临时换了首席的名单，石头也是一脸的惊慌失措。他局促地站在主席台上，语无伦次地从总编辑到主任逐一感谢，实在没找着词，就感谢自己的努力。

李东晓跟着大家一起鼓掌，心里却咒骂着老王什么玩意儿：老王究竟在搞什么？

说实话，拿不拿首席倒是其次，这样怎么下得了台？老王穿着淡青色的西服外套，坐在第一排，后脑勺摇晃的地中海显得可憎。

"我的辞职旅行要开始了，飞机下午就到北京啦！带我装逼带我飞！"

李东晓偷偷点开微信语音，还来不及贴近耳朵，功放的声音就在会议室里响起。全场哗然，李东晓手忙脚乱地点退出，偏偏这个时候手机不听使唤，怎么戳屏幕都退不出来，任由声音在微信里大喊大叫。

在关键时刻出岔子，李东晓真的想骂娘。发语音来的陆凯是李东晓的发小，刚从深圳的《大粤报》离职，要来北京开始"离职旅行"。

李东晓紧张得汗水自额头沁出，清澈的镜片上，起了一阵厚厚的白雾。每回尴尬，李东晓就呼吸奇怪，热气把镜片哈出了白茫茫一片。不论冬夏。李东晓拼命地吸气，并不管用。他摘下了眼镜，低下头打开已经揉作一团的发言稿，下意识地挡住脸尽量躲开大家的视线。

　　"各位同事开会的时候，把手机都收起来，一个月才开一次例会，大家认真一点。"总编辑不满地说了一句。

　　原来要来接受荣誉的李东晓，一下子变成了反面教材。会议还没结束，他就从后门溜了出去，从货梯回到部门办公室。一方面不想面对这样一出可笑的会议，一方面确实是要去机场接陆凯了。

2

　　首都国际机场，入港航班电子屏上，一组一组数字翻动着。从深圳飞过来的 CA3405 航班已经显示落地，出航站楼的乘客，急着四处借打火机，点上一根烟，深深地吸上一口，才肯拖着行李往外走。

　　陆凯有点虚胖的身子，穿着粉红色的衬衣，像一个充气娃娃，在人群的遮挡中虚头晃脑。他叼着一根没点的烟走过来，自动玻璃门一打开，单薄的抓绒裤就像是被扒掉一样，寒风灌入双腿，鸡皮疙瘩全起来了。陆凯抓着手机的手下意识地往裆部一挡，

"靠，小弟弟猛一下这么凉，我还以为走光了。"

"给，打火机。"李东晓扔给陆凯一个打火机，"你怎么穿着短袖就来北京了？"

陆凯用脚尖把跟前的 Rimowa 的行李箱往前一推，把绑在腰间的外套解开，嘴里骂骂咧咧地穿上。点上烟，舒舒服服地吸一口烟。

"东晓，快把烟头给我踩了！"陆凯喊住快步走在前面的李东晓。

李东晓回头用鞋尖踩住了烟头，捻了一下。

"你都不知道，我这个鞋子很软，阿迪达斯的 NMD，不然会把鞋底烧黑了。这双鞋子刘德华穿了、陈奕迅也穿了。"陆凯晒鞋子是重点，李东晓并没有应和。

"东晓你帮我拍照，等等，我戴上我的墨镜先，你知道这个墨镜吧，很多明星戴，Gentle monster，哎，说了你也记不住，你记得叫 V 牌就是了，别让别人笑你老土。"

李东晓确实很老土，万年不变白衬衫，若不是冬天要加外套，保证全年同款同样。张小沫给买的香水，从来没用过。身上唯一的味道，便是衣服上的洗衣粉味道。

他是天生的绝缘体，除了正事，似乎对所有东西都不感兴趣，而陆凯偏偏除了正事以外，对所有事物都好奇。这样的朋友组合，最大的好处便是互相不干扰也不会有期待，更不会有冲突，无害才是最好的陪伴。

"大阴天的，北京这雾霾，你戴什么墨镜呀。"李东晓接过手机，转过来把拇指按在 Home 键上。

"哪个国际巨星走在首都机场不是戴着墨镜？你个土鳖。"陆凯找到了可以把"北京"二字当背景的位置，摆了一个 Pose，"你得给我拍出深圳吴亦凡的感觉，落日的余晖射在脸上，阳光中带有一种忧郁，有天赋并且被上天宠爱的孤独感。"陆凯打字不带标点符号，说话更是不带喘气，也不怕吴亦凡的粉丝路过把他打成吴孟达。

"哪里有落日？"李东晓不耐烦地咂舌。

"意境，意境你懂吗？"陆凯兴奋得像一只麻雀，全然不顾刚才被寒风袭击的狼狈。

"晚上让张小沫来请我吃饭，这小婊砸知道我来北京也没亲自来接我。"陆凯把李东晓手机抢了过来，给张小沫打电话。

彩铃唱完了一整首歌，没有人接。

"张小沫挺忙的。"李东晓握着方向盘，驶上了高速。

"忙什么呀，我都辞职了，还不来安慰安慰我。"陆凯说，"我的离职旅行，注定就是惨淡开场了。"

在机场高速的收费站出口，傍晚的北京上空，云压得低低的，多少有些寒意。石头张罗深度组的同事聚餐，群里一片叫好，李东晓也只能硬着头皮起哄。他看了一眼陆凯，这家伙正手舞足蹈，一副要拥抱首都人民的劲儿。

"我第一次来北京，你总不能让我在酒店里叫一个外卖吧，那得多可怜！我出门前到处和人家炫耀，我在北京全是朋友，结果第一天你们这对狗男女就把我晾在酒店里独守空房，我怎么发朋友圈炫耀。"陆凯脸上抹上一层失望的阴影。

"带上你倒不是不行，晚上是我们部门吃饭，你可别说我怠慢你，你知道的，领导喊喝酒，那是必须得喝。"

"哇靠，东晓，你觉得我酒量是不行还是怎么地？我拿出我初二下学期期中的水平就能撂倒你们领导。"陆凯爱吹牛逼，但是喝酒这茬还没被吹破。

3

东北菜馆，这是石头选的餐厅。端上来的全是硬菜，李东晓感觉随便一个菜就能把自己肚皮填实。店里是八十年代的复古装潢，宾客坐在炕上，旧报纸贴满了墙壁，写着"劳动人民万岁"的大口盅是用来喝酒的，二人转的演员边上荤菜边讲荤段，逗得大家哈哈大笑。

陆凯顾着发朋友圈炫耀，还要定位到北京，没有加入大家的话题。李东晓不知道如何化解尴尬，跟着陆凯一遍一遍地刷着朋友圈。

爸爸丧心病狂地发朋友圈并且每条必艾特李东晓，那些危言耸听的帖子标题，看得李东晓毛骨悚然：深圳即将甩掉北上广成为超级大都市、深圳已经看不上香港了、深圳是中国最适合年轻人奋斗的城市、深圳是中国最好的城市……

五年前离开深圳时，爸爸每周来一通电话，就是问李东晓什么时候回深圳。在李爸爸眼里，李东晓不过是拿着行李去一趟毕业旅行，马上就会回深圳的。五年了，这一切并没有按照李爸爸的想法靠近，渐行渐远。

"东晓，你家是不是就是微博上说的那个求奇村？不是说拆迁了之后，每家分1个亿吗？"主任老王夹起一块松子鱼，往嘴里送。橙色的汁液，挂在嘴角上。

"东晓，你是深圳原住民，稀有品种呐！"石头喝得满脸通红，就算不胜酒力，也没顾得上拒酒，石头是那种单纯地相信喝酒能喝出真感情的汉子。

"说什么呢，我这不是都跑北京来混口饭吃嘛！"李东晓赶紧去扶了一下石头。

李东晓还没说完，就被陆凯这个猪一般的队友插话了：

"没有1亿，我保证是夸张了，估计就分十套房子吧。"陆凯对自己抖的包袱很是满意，"不过，求奇村是什么地段，深圳的新闻路就在求奇村，媒体单位都集中在新闻路，那是尺土寸金的地方。小学一年级上学期的数学就能算出来哪些地儿值多少钱了。"

"你说我们这种在报社里拼死拼活的，得费多少辈子的心血才能买得上深圳北京的房子。"石头长着一张忧国忧民的脸，什么事情经过他的嘴，都变得厚重起来。石头家在内蒙的一个小山村里，能在北京上大学、工作，那是全村人的骄傲。不过，知识改变了命运，并没有顺手改变生活质量。

李东晓盯着石头早早挂满沧桑的脸，心怀同情。如果是别人拿了首席，或许他还不服，但这是石头，有什么理由不替他高兴。他和李东晓是同期实习生，同一天进报社，同一天入职，同为"月光族"，不同的是，一个往家里打钱，一个向家里要钱。

石头的妈妈唉声叹气地说："你看你邻居家的孩子，人家在外面打工的每个月都能寄两千块回家，你一个大学毕业的当记者，怎么也不能输。"

李东晓的爸爸满脸担心地说："你看你邻居家的孩子，都在花家里的钱，你自己在北京，要买什么贵的东西，你就刷我的副卡。那点工资别都花了……"

李东晓学着石头的劲儿，举起了装满了酒的白酒壶，"石头，恭喜你！真替你高兴。"

一饮而尽。

陆凯啃着的猪蹄差点就滑手了，没想到李东晓现在这么能喝！北方的水土真的是养大了酒量。

李东晓和石头两人喝大了坐一起说着酒话，然后抱头痛哭。陆凯最烦的就是李东晓每次喝大都要哭，总会不屑地揶揄几句："肚子里到底藏着多少见不得人的秘密，才会在喝大时哭成这样。"

4

石头和陆凯把李东晓的双手各架在一边，几乎是抬着李东晓回到陆凯住的酒店。李东晓虽说不胖，但是光那一身骨头就沉重无比。他一米八的个子，架在一米七左右的两人中间，就像家居城开业时随风起舞的人形气囊，在打烊的北京街头，东倒西歪。

夜已深，几个外地游客拖着行李箱，堆在酒店前台办理入住手续。

"张小沫！"

陆凯轻声喊了一句，松开了手跟了上去。李东晓"砰"的一声，一头栽到门上。石头慌慌张张地扯着李东晓的白衬衣，费尽力气把他推到沙发边上。

"你怎么在这里？你不是去采访了吗？"

张小沫把脖子转了过来，波浪大卷发甩在嘴角上。烈日红唇下，一张惨白的脸示人，盯着陆凯看有些意外。

"我刚好送一个朋友回来。"

张小沫并没有往躺着李东晓的沙发上看，眼神涣散。

"我今晚住这儿，李东晓喝多了，就把他带来这儿。"

"哦……"张小沫用手包挡住寒风，支支吾吾地说，"那你好好照顾他。"

阔别五年，第一次在北京见到张小沫，没想到是这样敷衍地离开，陆凯觉得哪里不对劲，但是又说不上来。男朋友喝醉了，张小沫竟然没有多问一句就走了？

李东晓靠在沙发旁已经开始呼呼大睡，石头在一旁摊摊手。

陆凯直奔酒店前台，站在拖着行李办理入住的房客后面，踌躇了一下，灵光一闪，有主意了。他上前询问前台小姐："刚刚走出来的女生还要多住一天，我来帮她付明天的房费。"

前台看了一眼躺在沙发上的李东晓，目光转移到陆凯身上，"你的这个朋友开的是钟点房，已经结账了。"

"钟点房？"

"嗯，是的。和她一起的男生已经付过钱了。要续的话，还得重新办理入住。"

"喔，谢谢你。"陆凯和石头交换了一下眼神，心领神会。

石头把李东晓弄到房间后，把陆凯拉到门外。

"有些事，我们没有必要和东晓讲，你懂的。"

目送石头离开后，陆凯摇摇头。

"我说的没错，这注定是一场惨淡的旅行。"

回到房间里，看到正在打着呼噜的李东晓，没忍住心痛起来。

张小沫是李东晓的女朋友，也是陆凯的新闻系同班同学。李东晓和张小沫的相爱，正是因为陆凯的一次炫耀。而这次炫耀，彻底改变了李东晓的人生轨迹。

2006 年 9 月，深大北门的斜坡上洒着斑斑驳驳的阳光。深大元平体育馆，彩旗飘飘。大巴从车站、机场接上新生，一辆一辆地从深大北门排队进来。

少子时代，一家人送孩子上大学的不少。外地的同学，大包小包行李往下搬。一个矮个子同学，抱着一个装满了水的塑料罐子拖着行李箱从陆凯身边侧身越过。

"还抱着一条金鱼来上大学，深大真的是什么奇葩都有。"

陆凯打了两局游戏，差不多到中午才趿着拖鞋，一把抓上录取通知书和银行卡扔进包里，坐 113 路公交车到深大路口。

"早知道上不了深大经济系，我就留在天津念了，深圳本地的学生都是很低分数就可以进新闻系了吧？"一个满脸水嫩胶原蛋白的女生，剪着小短发，嘟着丰润的小嘴巴和她妈妈抱怨着。

新闻是一个新专业，连个学长都没有，还是广告系的学长过来帮忙搬行李。

"深圳多好呀，年轻的城市有活力……"妈妈安慰着她。

两母女嘀咕了半天，在前面排队的陆凯，没忍住回头呛了一句："切，'南开'招天津学生还不是照样分数低，有什么好抱怨的！"

在转身过来前，陆凯还没有看到女生的胸部，不然哪里有心思呛话。女生的胸部被简单的 T 恤包裹着，就像是一对囚禁的困兽，让人不忍去打开闸门让困兽一跃而出，放飞自我。

"你就是踩线进来的深圳本地考生吧？"本来心情就不好，还要被陆凯呛，女孩气不打一处来，恨不得嘴里吐出一千根针，把眼前这个嘴贱的充气胖子扎破！

"外地考来了不起呀，我一个朋友，都够上'清北'了，还不是来深大，我们就稀罕深大怎么了，看我们不顺眼，你现在就回天津咯。"陆凯从来不在嘴上认输，尤其对待女生从来不手软，男女平等嘛。

还真的被张小沫说中了，陆凯就是踩着线进来的，一分都不多。

"那也是你朋友，不是你，有啥了不起的呀，我还有一堆同学上'清北'呢。"女孩也不是个善茬，好在被妈妈拉住，才没有和陆凯当场扭打在一起。

陆凯说的那个朋友，就是李东晓。

这个女生，是李东晓现在的女朋友——张小沫。

大一军训结束的第一周，陆凯骑上刚买的电动车，到应用数学系的宿舍朱槿斋楼下，不管三七二十一就把李东晓载到文科楼，拉到新闻系上课。美其名曰：来感受一下和应数系不同的画风。看到张小沫走进教室，就拉着李东晓凑了过去，装作云淡风轻地摊摊手介绍道："李东晓，差一点就上'清北'了。"

那天，陆凯走出文科楼时，是自带增高垫效果的，这口气，真的是出得太解恨了。"张小沫什么东西，我呸！"

此后的一个星期，陆凯都是哼着小曲儿故意和张小沫擦肩而过。从张小沫的眼神里，陆凯能读到两个词：崇拜、感谢。

他和李东晓分析了一下：崇拜，是因为自己有这么牛气冲天的朋友；感谢，是因为自己让张小沫终于知道在这个学校里，还是卧虎藏龙的。

陆凯坚信自己没猜错。

"东晓，你替深圳考生争了一口气。"陆凯拍了一下李东晓的肩膀。

李东晓咬着嘴唇，点点头笑了起来，欲言又止。

新生杯篮球赛，"传播学院"对垒"建规学院"。新闻系九个男生集体出动，替女生加油。张小沫连投中了两个篮板，在最后时刻逆转了比分。"传播学院"新生队拿下了这一场比赛。陆凯作为灵活的胖子，三步并作两步，跑到张小沫面前，递了一瓶矿泉水。

"嘿，我今天还穿了增高垫来给传播学院女生加油呢，结果把增高垫都踩扁了，后跟的硅胶都压到脚心了。"陆凯总爱甩着自己并没有的刘海，做出潇洒样，还美其名曰叫"空气刘海"，这个笑话一点都不好笑。

张小沫咕噜咕噜喝了一大口矿泉水，龟裂的嘴唇开始有了颜色，拧上盖子腾出手来拍着陆凯的肩膀说：

"诶，上次你说的那个朋友李东晓，确实很优秀，我'大英'和他选同一个班，在英语课上听他用英文来介绍自己的专业，那顺溜的专业术语，一看就知道不是盖的。而且，白衬衫加上一双深邃的眼睛，思考的时候特别专注迷人，同一个班的女生都成迷妹了。"

张小沫被灭了气焰，人也变得热情礼貌，一副臣服的小迷妹样子。陆凯装作镇定地瞥一眼张小沫，得意地竖起 Rock 的手势，哼着："音浪太强，不晃会被撞到地上。"

陆凯常数落李东晓，之所以和他做朋友原因只有两个：一是可以抄他的数理化作业，二是可以作为吹牛的资本。

"不过……"张小沫卖了一下关子，看着正用手撩着没有刘海的额头的陆凯，一字一句地说，"我把他睡了。"

"……"陆凯心里哼着骗谁呢，翻着小白眼摇晃着脑袋，对着张小沫吐出两个字：呵呵。

"你问他。"张小沫站了起来，指着远处的李东晓，停顿了一下，把喝剩的矿泉水扔给陆凯，"谢谢你的矿泉水，还有，谢谢你的介绍，小媒人。"

陆凯嘴唇一张一翕："啊。"

李东晓刚下课，一个刹车把自行车停在海边球场的门口，卷起了一阵烟尘。张小沫回头抛了一个媚眼，跳上车尾座搂着李东晓的腰，扬长而去。

陆凯看得目瞪口呆，回过神来的第一件事，便是发一堆信息给李东晓。"狗男女"、"不要脸"、"我特么被踩脸了"、"我的一世英名啊"、"祝你们是失散多年的兄妹"……

等李东晓的电话过来时，陆凯就迫不及待地使出浑身解数来开骂。

"李东晓你知道什么叫踩脸吗？我这张帅气的脸都被踩出脚印了，你这丢人货，妈的老子带你去和我同学炫耀的，你特么给人家睡了，你说你丢不丢脸，你饥不饥渴，刚军训完你就和我们系女生搞在一起……"

"什么给人家睡了，我们是男女朋友关系，这怎么就丢脸了？"李东晓就差没被陆凯的尖叫声震破耳膜，手机保持着距离耳朵十厘米。幸亏下课后的食堂够热闹，否则李东晓一定会被同学误以为睡了哪个女同学导致查出有孕。

张小沫则在一旁，坐在食堂里咬着维他奶茶一副轻松取胜的样子。

赶到食堂时，看着李东晓和张小沫在食堂里喂饭，陆凯恨不得把盘子甩在那两张被幸福挤歪了的脸上。

"你们应数系没有女生了吗？"

"有三个，号称 SHE……"

"李东晓，我真的是不知道该说你什么好，你们就是……"陆凯故意对着张小沫说，"一对狗男女。"

从此往后，陆凯像是被拔掉增高垫，在张小沫面前就是矮人一截的 Loser！

新闻系一个班 58 个同学，49 个女生。在万花丛中的张小沫，略施粉黛，在还不会化妆的新生当中，气质出众。迎新活动发的"传播无限"白 T 恤，被张小沫改成了收腰款后，整件衣服就像是搭在胸部一样。

上大学英语课时，张小沫总是让早到的李东晓帮忙霸位，然后从教室后面抱着课本窜到前面来坐。她很会收拾自己，气质很仙儿，出口成章能背出很多古诗词。而她"流氓"起来，也让李东晓措手不及。

"一个小伙子买了一根香蕉放进裤兜里，去挤公交，结果被前面一个大妈抓烂了。"她在教室里哈哈大笑。

"黑夜给我黑色的眼睛，我却用它来翻白眼。"她靠在李东晓的肩膀上，翻着白眼，被李东晓顺势亲了一下。

她收集很多黄段子，课间时掏出上网本，和李东晓一起看"世界硬鸡鸡大赛"，一起惊叹着西方人的身体素质。

"给你推荐一个豆瓣上的歌手，叫郭起。"

"好呀！"

"你看他歌词里唱的，青春就是一个精致的花瓶，打碎了故事才开始……青春少年莫装逼，我特别喜欢他写的歌词。"

李东晓眼前这个女生，文艺又"流氓"，像是下凡的仙女，说着最俗气的东西，也带着仙气。她不看内地的综艺，每天抱着上网本等着《康熙来了》更新，对台湾的街头巷尾美食明星如数家珍。

在李东晓的印象中，优秀的女生都是埋头念书，再往上也不过是安静贤惠、知书达理。而张小沫，她的优秀与生俱来，无须经历残酷的锤炼。

才华和流氓，信手拈来。

张小沫就像是下凡的天使，变成了柔软的棉花糖，游走在李东晓的生命里。他们躺在文山湖的斜坡草坪上，看落日渐入湖底，阅尽繁花似锦。

人生如戏，该开幕的时候开幕。

"你们这对狗男女还挺长情的呀，还不分手是要化蝶双飞吗？"

陆凯这点傲娇的小自尊被张小沫拍死在教室里之后，就常被要求去替李东晓上应用数学系的课程。这样，李东晓就可以放心去新闻系旁听，不用担心上课点名。

反正陆凯去哪间教室都没差，换一个地方玩手机、睡觉而已。

"你知道为什么我能和你做朋友吗？"陆凯问。

"不知道。"李东晓并不期待答案。

"因为你喜欢的女生我都看不上，这就是兄弟！"

"哦。"

男才女貌的组合，就这样在陆凯的咒骂声中愉快地度年如日。

5

梦里丢了手机，找啊找，找啊找，还是没找着。

天还没亮，李东晓就口渴，想起来喝水，可是睡得太沉，没有爬起来。梦里一直在梦见自己已经喝了水，醒来发现还没喝上。闭上眼睡着，又梦见喝了冰冻的可乐，透心凉，畅快。又醒来发现还是什么都没喝上，口渴。

辗转反侧，李东晓还是决定爬起来找水喝。

"陆凯，我昨天没做什么丢人的事儿吧？"李东晓摇醒了陆凯。

"你又不是第一次喝大，在出租车上喊什么北京就是个三线县城，人家出租车司机是一个老北京，恨不得把你踹下去。"陆凯翻过身，把被子往上一拉，盖住头。

"还有吗？"被子被陆凯笨重的身体压住，李东晓没拽动。

很久没有赶在早高峰出门了，早上七点半的地铁，挤满了人。如果说当记者有什么吸引力，不坐班这点就足以让李东晓把实现共产主义理想的热情投入到新闻事业里去。

轰隆隆的老旧地铁靠站，附赠了一丝秋凉。这样的早晨，只有李东晓是满脸疲倦，在打量着周遭。淡淡清香的洗发水抹过的发丝，柔软地抚过李东晓的肩膀。一个妹子拿着眼线笔小心翼翼地画着，旁边的大妈实在看不下去了，说姑娘你这样很容易戳到眼睛。姑娘眼睛都不抬一下，自顾自地说："我每天都在地铁上化妆。"

在人群中，李东晓侧身掏出手机，想给张小沫发个微信，却犹豫了一下收起了手机。怎么记得昨天张小沫来了？

脑子里又是一片空白。每次喝完大酒醒来，前一晚的记忆，从模糊到清晰，然后质问自己："靠，怎么这种事都做得出来。"

算了。不想了。

手机下拉的微信横幅，跟着地铁的微微拐动而颤抖着，李东晓下意识地点开。

"我们分手吧！"

张小沫？

"为什么？"

开玩笑吧？李东晓以为这是玩笑，而张小沫一直没有回信息。地铁到了金台路站，李东晓拼命地拨打张小沫的电话。关机。

2006年，李东晓是以第一名的成绩考进应用数学系，却以第一名的"成绩"从新闻系毕业。因为和张小沫拍拖，李东晓大部分的时间是在新闻系的文科楼溜达、旁听。大二开始，就干脆直接选修了新闻系的课程。

原本要当数据分析师的李东晓，摇身一变，成了校报卖弄笔墨的活跃分子。采访和张小沫一起，就可以不用考虑约会要去哪里、要干什么，省时还充实。

两个系的第一名拍拖，在校园恋爱里，总归是一个美谈。更为"美谈"的是，从大二开始李东晓就已经不是应用数学系的第一名了。

应用数学系的毕业设计，李东晓站在讲台上演说，没想到评审组的第一个问题就把他撂倒了。还是导师大发慈悲出来救场，站起来批评李东晓连最基本的复变函数都搞错，然后公布答案，让李东晓重复一遍。

评审组组长是系主任，一个白发苍苍的老教授，他起身抢过李东晓手中的话筒，转身面对同学们叹了一口气，又是一番痛心："作为当年第一名考进应数系的学生，原本应该以最光彩的亮相结束自己的大学生涯，今天勉强让你毕业，只不过是心痛系里这么多老师的心血。我希望接下来演说的同学，拿出最好的状态，给自己的大学生涯画上一个句号，无愧自己在这里度过的四年青春。"

最后一句寄语，评审组组长捶胸顿足后，振臂一挥，以激昂的语调鼓励大家。台下是雷鸣般的掌声，全然顾不上刚刚被羞辱的那个入学时的状元。李东晓才发现，三朵班花 SHE，用午饭省下来的鸡腿钱买了化妆品，把自己捯饬得像马上要登台的幼儿园班花，如果两眉之间点个红点，就更完美了。而男生，千篇一律的不合身西装，像是刚要入职的地产中介。

李东晓穿着一件小海鸥的蓝条纹衬衫，胸口的衫袋里装着在桂庙新村淘来的山寨 U 盘就来了。原本就是来伤感告别潇洒离开的，没期望能在数学事业上添砖加瓦为祖国健康工作五十年。没想到在这个节骨眼上，系主任把挤压多年的"恨铁不成钢"，在最后的时刻来个猛地一击。李东晓还准备了一段告别数学系的感性词语，眼看不妙，快速关掉最后一页 PPT，只想找个地缝钻进去。

"尼玛幸亏没有先把这段告别词调出来，不然成全校笑话了。"

想想都后怕。

毕业答辩，不过是和数学以及相关的一切说拜拜的时候了，而且没有依依不舍，只有高兴，因为自己帮张小沫所在的毕业小组做的福永码头扁担工专题，获得了新闻系毕业设计的第一名。

天天蹭着新闻系上课的李东晓，凭借几篇豆腐块，在校报编辑部里的受欢迎程度远高于张小沫，一举成为"文学大才子"。

大四上学期，张小沫被保送进了中国最好的新闻学院念研究生，而没有学历优势的李东晓，也获得北京最有名的都市报《北报》的实习机会。

当然了，能拿到这个实习机会，是因为张小沫的表姐的大学同学当时在《北报》当记者，人家给一个顺水人情而已。当时这位前辈见到李东晓的第一句话便是："你太内向了，不适合当记者。"李东晓一心想留在北京，权当是对方不了解了。

毕业前的一年，除了读研，应用数学系的同学几乎都和企业签三方合同了，而自己毕业后还要去当实习生。张小沫说，媒体行业都这样，别说提前签三方，实习到什么时候转正还不好说。

李东晓说："没有关系，我主要是去北京陪你读研。"

"不然呢，就你那停留在高考前的数学水平，上天了也就那样。"

"我要是真想学数学，给我三个月时间照样可以去参加奥赛，只不过我现在没兴趣了而已。"

"那你就安心的当几年实习生吧，反正你有兴趣。"

"你可别小看我，有名的记者都是我这样的门外汉，像你这种科班生，脑子不够灵活。"

"呵呵，最好是。"

五年后，李东晓真的争了一口气，他发现在媒体行业混得好的，都不是本专业的，待的时间长的，都是和他一样内向的。久而久之，从数学系毕业，反倒成了一个漂亮的标签，就像经济专业的毕业生比新闻专业的毕业生在财经类媒体中更吃香一样，其他专业毕业的媒体人也跟着沾光了。

逻辑不通的。管他呢。

6

首席记者变成了石头，张小沫又提出分手。李东晓到了北京的五年，原本要爱情事业双丰收的他，突然扑了一个空，就像是满心欢喜地拿了一手好牌，张小沫"啪"的一声摔在了地上，不玩了。

"我们分手吧。"

"为什么？"

从地铁里出来，李东晓在寒风里守着垃圾桶，一根一根地抽着烟，直至一盒爆珠的薄荷烟变空。烟头插满了垃圾桶上的烟灰缸，微信那一头，像是断开了的联系，杳无音讯。

他把厚厚的外套拉了一下，裹住了身体。地上掉下了几颗黑色的珠子，李东晓撸开袖子，发现手上的黑曜石已经断开，剩下几颗珠子夹在手腕和衣服之间。

这串戴了五年的黑曜石，是张小沫送给自己的信物。在一个废弃厂房采访弃尸案时，李东晓第一次见到尸体，在楼顶一边拨着报警电话一边直哆嗦。张小沫比警察到得还要快，送来了一串黑曜石，说这个能辟邪。作为深度记者，经常要出现在一些"不干净"的场合，所以李东晓一直把他戴在手腕上。

它陪李东晓采访过打砸抢烧、走过车祸现场、穿过流血现场……而它，这份心理依靠，终究抵不过命运的碰撞。岁月无情，流年日深。回忆封印在寒风的孤寂里，又被盖上厚厚的一层。过往就像是一根火柴，轻轻划开，一段清澈的光亮，便燃烧殆尽。

李东晓决定叫一辆车，去一趟张小沫的住处。司机把暖气开得很大，拧开收音机，电台里正播着主打歌：

亲爱的如果时光倒退一回

你最想和谁喝两杯不醉不归

那一个人还会是我吗？

我们还会不会把野草当作玫瑰

……

司机大哥看了一眼李东晓，低声说："这首歌叫《1987 我不知会遇见你》。"

"这么巧，我就是 1987 年出生的。"李东晓拨弄着手机，抬头勉强挤出了一个笑容。

"1987，我不知道会遇见你；2015 年，我不知道会离开你。"

李东晓把那串破碎的黑曜石拍了照片，配上文字发到了朋友圈。他不知道张小沫会不会看到，还是习惯性地想到了她。过往几年的朋友圈，不是发给张小沫看的，就是晒张小沫的。

"师傅，直接去十里堡。"李东晓做了一个决定——掉头回家。

在爱情的高速公路上，被赶下车是有多狼狈。上车时，谁会料到要步行到终点，或者回到原点？

第二章　翻白眼是一种生活态度，还是向上的

"那个夏雨荷说什么来着了，翻个白眼就啥都过去了。"陆凯拍了一下李东晓的肩膀。

"人家叫夏语晴，人家说的是翻白眼是一种人生态度，还是向上的。"

1

"东晓，你不至于吧？"

"我已经订好机票了，下午就飞回深圳。"

在《北报》的办公室，老王万万没有想到李东晓会带着辞职信来见自己。虽说，对李东晓有所不满，但是也不至于走到这一步。谁会拿自己的职业生涯开玩笑呀！当年来北报社实习时，那个渴望能留下来的少年，就这样轻易地把一份辞职信撂在自己

面前。

"算是我对不起你，这还不行吗？"老王一直不是一个强硬的人。

"抱歉，我下午就回深圳了。"李东晓坚持着。

"算我求你。"老王没辙了，"我一个几十岁的人，给我一个面子好不好？"

"谢谢你这么多年来的照顾。"李东晓面无表情地咽了一口水，"我已经决定了。"

老王像泄了气的皮球，坐在旋转椅上。刚收到李东晓提出要离职的微信时，会以为他只是赌气，作为深度组最有才华的记者，结果没有评上首席。

李东晓花了半天的时间从总编室到部门，一遍过签完字。似乎没有哪个原因足以让他一定得离开北京，正如没有哪个原因足以支撑他继续留在北京一样。

报社的不远处就是世贸，李东晓不知不觉地走到了世贸天阶。

那是2010年，他们刚到北京。李东晓和张小沫在世贸天阶分吃着一根雪糕，在斑驳的光亮里，她笑容清澈荡漾。头顶上是一块巨大的屏幕，常常会有人在大屏幕上打出求婚的图片或视频，浪漫杀得措手不及。

张小沫说："这个创意被用过了，等你求婚的时候要想一个更好的。"

"那我们去纽约时代广场，播国家形象片的那块大屏幕前求婚。"

"我已经知道的，都不算创意。"

李东晓背上张小沫，张小沫咬一口雪糕，就往前一递，让李东晓咬一口。李东晓背着她，她故意把手往前伸得更远一些，李东晓够不着，就加速往前跑，从天幕下的这一头，跑到了那一头。

一晃神，五年前的记忆，如沙画师的创作：推倒，没有重来。

白天没有开的天幕，就像透支完昨夜的狂欢一样，安安静静地谢幕。

陆凯离开了北京后，去了新疆，在喀纳斯冻成一根冰棍，在鄯善沙漠把行李箱里所有的大牌都挂在身上，照片里依旧没有拍出吴亦凡的气质。

灰色的日子，才是最残酷的青春，生活就像进入了"鬼打墙"的怪圈，找不到出口，困在一处盘旋。在人头涌动的地铁上，像是被撕扯捏碎，扔在地上。

而李东晓，依旧是这么死要面子。

石头在电话里号啕大哭。

他说，你走了，我不知道我还能坚持多久。如果说在举目无亲的北方，还有什么不舍的，或许是石头吧。他总爱和石头在冰凉的开水房抽烟，"咕咕"作响的铁皮烧水器，听着他们倾诉在北京生活的不易。

2

深圳有这么一句话：来了就是深圳人。而李东晓，离开了也是深圳人，因为他就是不知道来深圳之前家乡在哪里，这个问题只能查查族谱或者历史书了。

回到深圳，就像一切都没发生过一样，却又背负着重重的回忆。认识张小沫，李东晓的人生轨迹被潜移默化地偏离了预定的方向。

"为什么？"这是李东晓问张小沫的最后一句话。

对话框里没有回复。

除了不爱，还能有什么理由。石头说，张小沫可能和他的一个朋友在一起了。李东晓不想知道是谁，想都不敢想，那个熟悉的棉花糖般的身体，被另一个男人拥入怀中。

"她一定被日了。"陆凯调侃道。

"滚。"李东晓挤出了嘴型骂了一句。

离开，或许是最好的告别。

求奇村有一个传统，逢周末的时候，家里的老人就去茶楼里霸位。点上几笼点心，一边看着报纸一边等着年轻人过来喝早茶。早茶从早上喝到中午，家风家训、家长里短、村里八卦都在这个时候升华，一代传一代。李东晓缺席了这样的"例会"五年后，第一次参加，还故意拖到中午才去。

报社纵有万般不好，一旦离开，李东晓才发现自己才是一无是处。

隔壁家的伍姨，牵着小孙子路过，盯着李东晓满怀同情："看你在北京的几年呀，吃了多少苦啊？北京是不是雾霾特别严重？在北京是不是每个月去澡堂洗一次澡？北方人是不是都吃辣的？当记者还不如坐办公室，清闲工资又高……"

她的儿子在街道办做临时工，每个月拿3800元的薪水，一家欢喜到不行。看到"求奇村的骄傲"李东晓也不过如此，恨不得在村口的吊车上挂一串100米长的鞭炮，替自己儿子祝贺。

"来，小朋友，哥哥给你好吃的卤鸭舌。"李东晓从口袋里把零食掏出来。

"吃这个干吗？没有营养。"伍姨用手挡住了李东晓递过来的零食。

这不就是零食嘛，过过嘴瘾还讲究营养？莫名其妙！不过想想自己的妈妈，连吃一块饼干都要下楼买凉茶，也就觉得不是什么奇怪的事儿了。

李东晓笑了一下，并没有解释。

在他们眼里，求奇村就是全中国最好的地方。他们的爱情里只有交配，他们的婚姻里只有八字，他们的价值观里只有存款……

在一个快交际的时代，"本地人"这个标签给李东晓带来的好处显而易见。标签的背后是什么，似乎社交流水线上的人们，早就自己脑补好了。每一个握手、每一次碰杯、每一场饭局，都太匆匆。来不及深交的流水宴席上，一个耀眼的标签，决定了自己的社交圈有多大。他不会抗拒这个标签，毕竟这个好处是不用自己费尽力气去让别人记住。

李东晓的骄傲和不屑，或许就是因为从小在求奇村长大的缘故吧！村里的长舌妇们，只要老公不嫖孩子不赌，就有资本站在村口的牌坊说三道四。李东晓想起在北京时，别人听到自己是原住民时发出的惊愕声——"原来历史上真的有深圳人？"——不忍摇摇头。那些让别人羡慕的社交标签，或许，并没有这么漂亮。

"东东，工作又没有，女朋友谈了这么久说没了就没了，你是等着老了做五保户吗？"妈妈当着爷爷奶奶的面，又抱怨了起来，"村里和你一样大的男人，孩子都已经上小学了，说起来都觉得掉价！"

"我本来要想给东东叔叔结婚时当花童来着，现在我可能只能当伴郎了。"上二年级的小侄儿跟着开玩笑，并且很得意他在网上抄来的小段子。不能怪小朋友早熟，是自己真的太老了。李东晓没好气地瞪了他一眼，小侄儿做了一个鬼脸又夹走了一个流沙包。

"我都工作这么多年了，休息一段时间怎么了，天天念经似的烦死了。"一个在同学同事面前，礼貌体面的优质男李东晓，回到村里竟然无处可找存在感。这里依旧是被烟火味炙烤着，熟悉的茶楼和烧烤摊，满大街穿着睡衣和拖鞋的村里男女。

"我这是给你画好路，你现在和你的同学一比，真的是笑掉大牙，工作五年了什么都没捞着。"李妈妈依旧在念叨着，看来这顿早茶主题早就已经定好了。

"你知道外面的世界都是什么样的吗？你天天就知道在家打麻将。陆凯人家不是卖床单卖成了事业了，辞职有什么了不起。"李东晓一脸闷闷不乐。

"你就知道和陆凯比，你拿什么和人家比，咱们家的情况外面的人不知道，你会不知道吗？你真的以为是什么都不用干就当少爷啊。"妈妈把在广场舞上输掉的锐气都杀到李东晓的头上。

爸爸轻轻撞了一下妈妈的胳膊，没有压住她的气焰。

"陆凯怎么了，人家把沙头角的房子卖了，在龙华买了三套房子，这叫投资，你以为谁可以随随便便敢这么做，这就是生意头脑。"

"你有什么资格说生意头脑，一分钱都没存下来。"

"我在北京过得好不就行了吗？"

"你的钱都是用来浪费的，什么正事都不做。"

"花出去的钱，才是自己的。"

"银行卡里的钱，那才是自己的。"

……

李爸爸打断了两人的争吵，和李东晓使了一下眼色。

"宝宝，你去新闻路看看你那套房子什么情况，那个租客刚刚租给她不到半个月，现在说什么都不肯搬走，你去沟通一下，都是年轻人好说话，等她搬走了，你就搬去公寓住。"

"李国辉，你在说什么呢，那都是我的问题咯，儿子就是被你宠成这样的，数学系不好好念，非要当什么记者，跟着女朋友去北京，分手了工作也不要了，现在回来，混出个什么名堂来了吗？还天天宝宝宝宝，都快三十岁的人了！"李妈妈提起李爸爸就来气。

爷爷戴着老花镜看报纸，奶奶在吃着豉汁凤爪。在老人家看来，一家人齐齐整整，儿孙满堂再吵闹也是人气。奶奶满是寿斑的脸，微微舒展开，露出了笑容。和爷爷奶奶打了招呼，李东晓起身就走出了茶楼。

回到深圳后，他常常跑到一个很远很远的咖啡厅，打开电脑，又合上电脑，然后选择最曲折的公共交通工具回家。他在香蜜湖地铁站花了16块钱买了一盆花，放在书桌上，没几天就死掉了。他想写一些故事，但是憋不出来。他的文采都是靠给张小沫写情书锻炼出来的，现在张小沫离开了，好像这一功能随之消失一样，再也找不到那种感觉。

李东晓是一个特别无趣的人，常有同事问他：你这么拼工作干吗呀？李东晓也想不努力，可是除了工作，不知道干吗去。每逢填资料一看到"兴趣爱好"就觉得头痛，唱歌不会，乐器不会，舞蹈不会，下棋没有兴趣，网游没有兴趣，运动没有兴趣……

小时候，会在这一栏填上"学习"；到高中后，觉得这样太做作，填上"发呆"。这样看起来，似乎有趣一些。李东晓是羡慕陆凯的，每天大呼小叫电力十足。在任意的话题里，陆凯都能轻松融入。而李东晓，好像对所有事情都提不起兴趣。

如果说到爱好，李东晓只有一个，就是爱张小沫。

这是陆凯说的。

张小沫是一个激烈的白羊座，对犹豫不决的摩羯座来说，是致命的吸引力。李东晓对张小沫，完全没有抵抗力。

回到深圳后，他总在梦里梦见丢东西，思念如野草在心底疯长，努力地跑呀跑呀，没有找到张小沫，站在十字路口，却不知道该回到哪里。越长大越成了被岁月摆布的棋子，甚至连选择黑子白子的机会都没有，步步是局，却又不知道这设局的人究竟是谁？

一个人的时光，岁月静好，好到残忍。

3

陆凯从新疆回到深圳，就叫嚷着拿些新鲜的水果送到求奇村来。

"新疆的水果，真的是甜到忧伤，你得赶紧吃，还有那个桃子，是扁的，像柿饼一样，很好咬……"

把水果放进客厅里，李东晓就上了陆凯的车，直奔新闻路的牛杂店，顺便去看看租客能不能把房子退了。

李东晓的房子就在新闻路的明德国际公寓，那是李东晓考上深大，爸爸送给自己的礼物。明德国际公寓在 2006 年开盘时，四千一平，现在已经涨到了六万。

"那儿有一个空位，快！"李东晓指着路边的停车位。

就在陆凯打死方向盘转弯的瞬间，一辆挂着兔耳朵的 Smart 迅速插入空的停车位。

"小婊砸手还挺快。"陆凯大骂道，接着补充说，"真像一个急着上位的小三。"

"要不我们和她说说，让她竖着停，那个停车位可以停两辆车。"李东晓打开车窗建议道。

"你去说。"陆凯打开了车门锁，李东晓就跳下了车。

那辆 Smart 的车主果然把位置给腾了出来。

"那宜停车的费用你们直接付了吧。"车上下来一个高挑纤瘦的女子，黑白大条纹英伦风衣扎在腰上。瘦的人，穿什么都好看！李东晓想起了公交车上毒瘤式的那句广告语：不要太瘦噢。

女子把墨镜摘了下来，露出了轮廓分明的五官，清澈明亮的眼睛，像是眼药水广告里用眼睛说话的天使。李东晓愣在一旁，不禁感叹着这姑娘腿长貌美。

"等等，我们一人一半吧。"陆凯也跳了下来。

"算了，我来付吧。"女子转身就走，头也不回。

"我微信你。"

"不用了。"

陆凯看了一眼李东晓，捶胸顿足道："唉呀，又错过了加微信的机会。"

女子坐在街角的牛杂店，要了一份萝卜牛杂。陆凯拉着李东晓窜进店里，在女子的隔壁桌坐了下来。

这家牛杂店，冷淡得门口唯一的招牌就是两个字——牛杂。而新闻路的食客，都暧昧地称之为"小牛杂"，这样听起来像是店面，弥补了老板偷懒的过错。小牛杂店面不大，却是新闻路居民最爱的小店，没有之一。小牛杂是新闻路上，历史最悠久的店。曾经有记者在报道里含沙射影地说小牛杂用了地沟油，惹得老板去报社投诉。最敏感的那几天，牛杂的味道是不好吃的，新闻路上的媒体人都在调侃，那是因为小牛杂没有用地沟油的缘故。

那些在这家店吃了十年的媒体人，眼见这个连店名都不会起的老板，座驾从电动车换成了宝马，再换成了法拉利。而见证了这段历史的记者们，工资由两万变成五千。

"那妹子说不定是我们同行，新闻路上活动的一半是记者。"

李东晓凑过去和陆凯低声说。

"怎么可能，着装这么讲究的，怎么可能是记者。"陆凯蘸着辣椒酱，大口大口地啃着萝卜。

陆凯付完钱，坐在一旁等李东晓。没一会儿，女子走到桌前，把一张百元大钞拍在陆凯前面。

"你还替我埋单呢，一碗牛杂就想拿下我，套路挺浅的，你会不会太幼稚？不用找了，多的给你当小费。"女子用手指尾勾着墨镜，转身就走，"尽早把车开走，我停了宜停车。"

"日了狗了，我说吧，她一定是个小三，不为小利益所动，因为在小利益上吃过亏，现在的小三除了转正，什么都不足以吸引她。"陆凯又开始骂骂咧咧地跟在后面把车开走了，笨重的身体压到左轮胎有点不堪负荷，看得李东晓揪心。

李东晓看着女子转身离开的身影，有一种莫名的好感。当年的张小沫也是这样，直爽而霸气，不做作。

来找自己的房子时，李东晓在明德国际公寓左看看右看看，怎么看都觉得陌生，兜了一圈，才知道 4H 在走道的另一边。

"咚咚咚！"门铃没反应，陆凯就伸手去敲门。

过了半晌，门才打开。一个熟悉的身影出现在两人面前，"怎么回事？你们是跟踪还是怎么样？"

"唉呀妈呀，见鬼了。"

陆凯闭眼拍着额头，迅速一个 180 度的大转身，差点撞在李东晓的身上。

李东晓上前一看，愣怔住了："原来你就是夏小姐夏语晴啊？我是房东。"

"我见过房东。"这个叫夏语晴的妹子准备关门，被李东晓用肘子挡住。

"我是房东的儿子，实际上我是房东，这是我爸送给我的礼物，写的是我的名字。"

"你爸叫什么名字？"

"李国辉。"

"你叫什么名字？"

"李东晓。"

"那还是不能进来，现在房子还没到期。"夏语晴没有松开顶着门的手。

"我们把押金都退给你，因为我回深圳工作了，没地方住。"李东晓软硬兼施。

"你们这是在玩我呢，我住进来不到半个月，刚刚把所有的家具添置完，你要我搬？"夏语晴不乐意了。

"拜托你了。"

"你知道搬一次家，等于经历一次火灾，要不你先去租别的地方住。"

"夏雨荷，你这样就不对了，迟早都要搬。"陆凯愣在一旁，正想着怎么插话化解尴尬呢。

"夏雨荷？你还是大明湖畔的小卓子呢！你这是中了《还珠格格》的毒，还挺深的。"夏语晴翻了一个白眼。

"看你这白眼翻的，咋没翻到后脑勺呀。"陆凯又要主张男女平等，没对女人手软了。

"翻白眼是一种生活态度，还是向上的。"夏语晴又翻了一个白眼，"进来坐一下吧，人家李公子一看就是老实人，不然我连停车位都不会和你们共享，哪像你……"

夏语晴翻完白眼，朝着李东晓眨了一下眼，像是给一个肯定的眼神。李东晓内心微暖，觉得自己和姑娘马上就是一个战线的。

"李东晓，她是在骂你老实。每一个受了伤的女人都说，干脆找个老实人嫁了，老实人挖了你祖坟了吗？"陆凯无时无刻不在秀那些得意的网络段子，这是微商必备技能之一。他趴在门框上，看大家并没有打算接话，也翻了一下白眼，跟着两人进了客厅时也不忘记给自己一个台阶下，"如果帅是我的错，我愿意一错再错。"

毫无存在感的段子，并没有影响陆凯的自嗨，正如他不存在的"空气刘海"。

"我住这边呢离上班也近，其实要是你不在这附近上班呢，你可以租一个离你上班近的地方，不一定要住自己的房子对吧？"夏语晴只好替李东晓想办法。

她转身在厨房里倒腾了一会儿，端出来一盘橙子。橙子对半切开，用刀尖沿着皮肉划开，然后在横切面上再划个十字，上面放上牙签，就可以挑开橙肉。

"挺手巧的嘛。"陆凯看着雪白骨瓷碟上鲜嫩的橙肉，伸手就用牙签叉起了一块。这样吃橙子不用洗手，李东晓也顺便挑了一块。

夏语晴变得温和起来，和李东晓说："我觉得李东晓长着一张老实脸，就是靠谱，不像陆凯，如果房东是陆凯，我马上就搬了好嘛！"

李东晓会因为几句好话，什么都答应。他最经不起夸奖，抹不下面子说不，坐在一旁吃着橙子。

"你们先坐一会儿，我接个电话就出来。"夏语晴晃动着手机，转身进了房间。李东晓瞥见来电显示的图片是夏语晴和一个看不出年龄的男子。

"李东晓，你可以啊，还蒙奇奇的靠枕，你的房子怎么这么少女心，难怪你和张小沫分手了，不会是爱上我了吧。"陆凯又在一旁尖叫。

"滚。"

"东晓，你有没有觉得夏语晴和张小沫其实感觉有点像？"陆凯吃着橙子，用膝盖撞了一下李东晓。

"不好说。"李东晓看着夏语晴的房门，不置可否。

"你是不是喜欢……"陆凯还没说完，就听见房间里"啪"的一声。

"有什么不能说清楚的……"刚接完电话的夏语晴，把手机摔在地上。这……就不太像张小沫了，她擅长冷战。

两人面面相觑，没想到上门拜访就遇到这一幕。

"嘘！肯定被男朋友抛弃了，我们赶紧跑，当小三就这样，比守活寡还要辛苦。"陆凯低声嘀咕着。

"夏语晴？"李东晓走到房门前，试探性地压着喉咙喊了一句。

房间里大声的抽泣声慢慢弱掉，过了一会儿，夏语晴打开房门，强挤出笑容，和两人说："不好意思，刚刚有些工作上的事。"

"那你先忙着，我们下次再来。"陆凯拉着李东晓夺门而出，阖上门后，又低声嘀咕着，"明明在房间里哭，还要强颜欢笑和我们说没事，小三靠的就是过硬的心理素质。"

"……"

4

"这真的是一个很熵的季节，混乱而无序。"

李东晓在被坐瘪了的烟盒里，找到一根烟，点着。蓬松和扭曲的香烟，深深吸一口，像漏风似的，吸不出烟雾，一股无力感涌上心头。

"哇，你这么说好文艺喔！"

李东晓有点怀念石头，他是可以听自己倾诉的朋友，而陆凯，总是不在同一个频率。

托周围的亲朋好友帮忙找工作，从企业文化、私募基金、前端开发、新媒体、媒体公关……转了一圈，一无所获。李东晓叹了一口气，从《北报》的准首席，沦落到四处求职，处处碰壁。毕业时，没有经历过认真投简历找工作的李东晓，把错过的都补回来。人生要走的弯路，果然是一步也不能少。

除了当记者，李东晓不知道还可以做什么？现在听到复变函数、微积分、线性代数都觉得恍如隔世。或许，最适合李东晓的工作，还是记者。

那些支撑起自己骄傲的东西，瞬间坍塌了。李东晓并没有自己想象中强大，却远比自己想象中脆弱。

"给我一根你的薄荷烟。"陆凯把烤烟塞进烟盒里。

"没了。"李东晓晃了一下空空的烟盒。这个绿色的登喜路爆珠香烟只有台湾的免税店能买到，张小沫的表姐夫每个月回台湾一次，都给自己带两条，够自己抽的了。

回到深圳，所有的习惯都得改，包括抽过的烟。

"我的离职旅行下一站就是台湾，中秋节就帮你带回来。"

陆凯看了一下手机，时间差不多就启动车子，把李东晓送到大粤报社面试去。

"您的条件倒是挺好的，可惜我们现在不缺记者，我们只缺干活不花钱的实习生，你也知道我们一直在裁员，鼓励员工出去创业。"在《大粤报》的编辑部，负责面试的是一个六十岁的老头。

陆凯没问结果，估计也不会有什么惊喜。报业每况愈下，薪水缩水到四五千的记者大有人在，不过要挤进去依旧要面对它的傲气。陆凯毕业后，就在《大粤报》当时尚记者，半个月前，辞职专心卖床单。

李东晓想起了离开北报社前一个月的工资条——3665.4元。这张工资条还被同事放到网上，惹得领导在工作群里大发雷霆——就在宣布首席的前几天——这样想来，离开北报社也不是什么坏事。

这薪水哪里还值得"北漂"？

"想当年，我们报社是包机去戛纳电影节报道，现在赞助商只邀请网络媒体去，我连自费去都没门。"陆凯当时尚记者时，跑遍了全球著名的电影节、时装周，在活动结束时还可以在红毯上拍照留念。再后来，陆凯最常去的采访，就是深圳本土的关外服装加工厂了。真够接地气的。当然了，也不是没有收获，现在陆凯卖的床单，就是从采访过的台湾老板手中拿到的货。

2015年的冬天还没到呢，就已经被媒体人称之为媒体的寒冬。所有的记者重新上岗考试，新记者证还没有发下来。这是历史上第一次所有记者无证上岗，加上新媒体记者的冲击，一夜间遍地是记者。

在北京的时候，李东晓去参加一个国产手机的新闻发布会。会场上齐刷刷站了一排用过期玻尿酸注射出来的网红，举着自拍杆被邀请上台摆 Pose，享受着明星般的待遇和目光。而现场记者提问环节，李东晓无论怎么举手都没有被主持人注意到。站起来的记者自报家门时，千篇一律都是："你好，我是某某输入法的记者……"、"你好，我是某某 App 的记者……"、"你好，我是某某公众号的记者……""你好，我是某某杀毒软件的记者……"

李东晓以为自己走错地儿了呢，看得目瞪口呆，连主持人点名他问问题时都没有反应过来。李东晓站起来，就打趣道："今天看到各行各业来的记者，我想想我该代表哪里，要不我来代表711便利店来提问吧……"

李东晓故意停顿了一下，可是并没有人觉得这个笑话好笑，因为周遭全是新媒体记者，只有自己一个传统媒体的记者参与。主办方还是卖了一个熟人面子，才邀请李东晓的。这样尴尬的笑话，只能回报社和同事吐吐槽了，求个安慰博个同情，给自己一个台阶下。

"现在还当什么记者，人人都是自媒体，我在微信上卖床单，500人的粉丝大群好几个，我就是在传播，我自己就是一个品牌。这种媒体形式还特别赚钱，找一些代理，发发微信，天冷的时候发一组大白的床上三件套，配上几句矫情的文字，什么冬天没有人给你暖床，大白等你回家睡觉，钱就哗啦啦地进口袋了。这才叫牛逼的媒体人。"

陆凯得意洋洋地分享着自己的生意经。最近，他还在微信商城里搭建了自己的平台，叫"滚床单研究所"。

一个人把床单滚得风生水起。

"不就是微商嘛，干吗把自己说得这么牛逼呀。"李东晓只想正儿八经地当个记者。

陆凯咂了咂舌。

"你还真别看不起微商，你在北京这么多老同事，他们总有要养孩子的吧，要进口奶粉吧，你就去你沙头角看你外婆，顺便在中英街帮以前同事代购奶粉，轻轻松松钱就来了。"陆凯一副轻车熟路的样子，帮李东晓出谋划策，"我在新疆见的网友，现在就是我的二级代理，卖床单半个月，赚了三千多，才刚上手呢！"

"我要是去做微商，我爸非掐死我不可。"李东晓是全家的希望，不求赚钱，但求光宗耀祖。可惜，报社压根不缺这类员工，连刚毕业的实习生都开着宝马奔驰来上班，转正后的工资还不够油钱还任劳任怨的。

在传统媒体，就是图一个响当当的招牌，上进一点的就图点资源。李东晓皱着眉头，用手指按了一下太阳穴。自己怎么就成无业游民了？

李东晓想不明白。

"那个夏雨荷说什么来着了，翻个白眼就啥都过去了。"陆凯拍了一下李东晓的肩膀，总算说一句在自己频率上的话语。

"人家叫夏语晴，人家说的是翻白眼是一种人生态度，还是向上的。"

"那我们就翻个白眼吧，此处不留爷，自有留爷处。"

5

小时候，邻居家的孩子拿到一辆新的自行车，都把扁担放在车尾架上找平衡学骑行，而李东晓总是把自己锁在房间里，任由外头车铃铛和欢笑声此起彼伏。他也会觉得无聊，就拿起万年历来背。有一次，在喝早茶时，李爸爸提到自己是1956年1月10日出生的，李东晓脱口而出说那天是星期二。李爸爸担心这孩子太孤僻容易出岔子，不让他背万年历。李东晓就被多加看管，不准背任何东西。连去旧货市场淘旧邮票、作废的股票，都带上他，结果，李东晓能轻松背下来李爸爸哪一天花了多少钱买了几张邮票，几张股票，分别是什么……

上大学前，李东晓就是一个完全沉浸在自己世界的书呆子。遇到张小沫后，才发现这个世界这么好玩，这么多新奇的人和事。走出求奇村，原来这个世界这么大，每一个相遇的人都这么有趣。

离开了张小沫，李东晓又回到了极端的孤僻状态。每天不知道起床是为了什么，浑浑噩噩地过日子，好像对所有的一切都提不起兴趣。九年如梦一场，醒来了，像是回到高中时周末回家睡个懒觉一样，睁着眼睛赖床。

大中午，陆凯来电话，问李东晓要不要一起去台湾。

"我的供货商回台湾发展，大陆的工厂扔给搭档做了，我打算中秋节去他家拜访一下，要不你也一起？"

两个月前，李东晓办了签注和入台证，打算中秋节和张小沫去看一直给自己带烟，却从未谋面的"表姐夫"。

"我总觉得自己和台湾很亲近，我很害怕到了台湾后很陌生，那种感觉你懂吗？就像你总觉得你和某人关系特别好，但是人家压根不把你放在眼里。"李东晓按着太阳穴，盘腿坐在床头接电话。

"台湾人可热情了，你问个路，都恨不得带你去到目的地。"陆凯在旅游网站上看过了不少游记，"这样好了，咱们不要去当什么游客，咱们就去我朋友家烧烤，他家刚入伙，在新竹的大别墅，我们连酒店都不用订。"

"靠不靠谱？"李东晓担心道。

"你就一百个放心好了，是我卖床单那个厂的老板，就比我们大几岁，82年的，人特别好，一直邀请我去他在新竹的家里玩，我都没去。"陆凯打心底认定朋友本来就不多，李东晓就开始动心了。

"那也好，顺便去台湾买点绿色登喜路回来，这种烟连香港都买不到，我还就偏喜欢抽这个，真是麻烦。"

正如陆凯说的一样，在床单老板的家里，确实没有陌生感。中秋节，热情的台湾一家人聚在别墅前的大草坪上烧烤，对远道而来的陆凯和李东晓很热情。

床单老板叫杜尹浩，长着一张熟人脸，李东晓看着就觉得亲切。杜尹浩大学毕业后在桃园当了一段时间的设计师，24岁时因为逃婚跑到大陆工作，经过几年的打拼已经小有成就，在东莞和天津都有工厂。

"不是开玩笑，我老是觉得我们是见过的。"这种熟悉感，让李东晓放下了防备，和杜尹浩喝起了酒。

"世间所有的相遇，都是久别重逢。"杜尹浩很豪爽地把一大杯威士忌喝了下去。

"那可不是，我在北京的时候，老是觉得这个世界太拥挤，每天和无数人挤着上地铁，和无数人擦肩而过，我才不会觉得相遇都是久别重逢。"李东晓几杯酒下肚，就开始找回了久违的感觉，"世界不大，只是我们不相遇。"

"对了，你以后要抽的烟，杜老板帮你带。"陆凯手里拿着一扎烤串凑了过来，"快来尝尝这手艺，秒杀你们求奇村的烧烤摊好吗！"

"是不是登喜路绿色盒装的那个？包装盒就是大号的烟盒。"杜尹浩问道，"我也常帮大陆的朋友带，下次我让我搭档给你送过去。"

"没关系，我已经慢慢改抽别的烟了。"李东晓没好意思一直麻烦别人，非亲非故，每个月带烟，谁没句怨言，他举起酒杯也灌了一口酒。

说好到台湾过中秋，还真的只过了中秋。第二天下午，杜尹浩要去台北办事，就让司机将两人送到桃园机场。

多云的节后，淅沥沥地下起了小雨，雨水打在车窗上，顺势滑落。

李东晓无数次想象过到台湾来的画面，是在一个灿烂的午后？还是在一个飘雨的冬季？一定要和张小沫在忠孝东路走九遍，帮她拍照帮她修图，吃夜市里的小吃。

"你们第一次来新竹，都没有好好玩，待会儿路过城隍庙我带你们进去走一圈，新竹就这个有名。"热情的司机提议道。

"好啊好啊，听说那里东西特别好吃。"陆凯从后座靠上来，应和着司机。

新竹的城隍庙隐匿在人头涌动的夜市里，每个摊位前位置都很小，顾客站在小铺面前站着吃，然后再往前走。司机在小铺前掏出皱巴巴的零钱，买了两杯仙草丝，塞给了李东晓和陆凯。

"新竹城隍爷，北港妈祖婆。城隍庙就是新竹最有名的了。"司机也是本地人，领着李东晓和陆凯在人群中穿插，"对了，在城隍庙求姻缘还特别灵。"

"哇靠，见鬼了，李东晓，你看看这是谁，你快看看这是谁！"陆凯在身后尖叫，摇晃着李东晓的肩膀。

"什么？谁啊？"在嘈杂的摊档前穿插，李东晓没有听清楚。

"夏语晴！"

两人异口同声地喊了出来，夏语晴正跪在那儿求签。一副紧张而虔诚的样子，身旁是一个行李箱，拉杆还没有合上。

"喂，白眼妹，你怎么在这里？"陆凯拨开人群，走到了夏语晴面前。

夏语晴抬起头来，刚刚哭过的脸上粘着湿答答的刘海，手边捡起了一个"下下签"，怔了一下。屋檐上顺势而下的水滴落在地面上，随着空气扬起，变成雾气。她紧紧地攥着签，骨节发白。

她用手背擦了一下泪痕，没说话，站了起来。

"你怎么在这里？"

"……来……找一个朋友。"夏语晴低声说，转身便离去了。

"你去哪里？你怎么了？"李东晓跟了上去，在陌生的地方遇见熟人，他倒是热情了起来。

"回深圳。"夏语晴没有回头。

"我们也是去机场，一起吧，车上有空位。"李东晓知道夏语晴肯定是遇到什么事儿了，拉住行李箱没放手。

"不必了。"

"别客气，我们顺路。"

"我说了，不必了就是不必了，你是不是有毛病，都给我滚远点！"夏语晴突然强硬了起来，冲着李东晓大喊。被烟火熏过的泪痕，挂在脸颊上，干成一道沟壑。

李东晓想起初见时那个信任的眼神，心痛眼前的夏语晴。或许她和自己一样，有着不甘的离开。李东晓伸手拦住陆凯，没让他上前多问。

夏语晴拖着行李，伸手叫了一辆的士。李东晓上前把行李箱抬上后尾箱。

"谢谢。"夏语晴轻声说了一句，钻进了的士。

陆凯装作什么没发生，大呼小叫地拉着司机上车。

"这仙草丝真好喝，而且喝完一点也不口渴，肯定没有糖精，东晓，你说我们要不要买一些回去卖，台湾的饮料在深圳很吃香咧。"

6

求奇村的路边摊上，人来人往。街头艺人轮番唱着：你终于做了别人的小三、流浪的人在外想念你、又是九月九……

"我现在正在吃着大餐呢，和李东晓在求奇村，也没什么想吃的，也就随随便便开了一瓶83年的拉菲，还有那个法国生蚝，切开之后，什么都不用蘸，就着海水一起把生蚝吞进去，你会感受到来自法兰西的问候……"陆凯正打着电话和杜尹浩炫耀。

一旁的食客齐刷刷地看过来，盯着陆凯面前的一碟炒粉、十根烤串、两瓶啤酒。

"你能不能小声点，脸都被你丢光了。"李东晓踢了一下陆凯，然后笑着示意旁边的食客，这是开玩笑呢。

"那又怎样，这里又没有人认识我们。"陆凯挂了电话，抓起筷子就去夹炒粉，"对了，你找我是不是有什么好消息？看你满面春风的，你这人藏得住事，藏不住情绪。"

"工作搞定了，《南方晨报》，我最想进的就是《南方晨报》，还真幸亏其他报社拒绝了我。"李东晓放下筷子，郑重地宣布这一消息。

"找了一个五六千多块的工作有什么好值得炫耀的。"陆凯一杯啤酒直灌入喉咙。

"谈梦想的时候，别和我谈钱。"

"谈钱的时候，别和我谈梦想。"

"喝你的 83 年的拉菲！"李东晓给陆凯添满了啤酒。

求奇村是很多年轻人来深圳的第一站，这里靠近市中心，又有最便宜的农民房。曾经有一个公益广告，挂在求奇村的村口："谢谢你，求奇村。今天我要搬家了。"一个像天使般美丽的女子站在灯火阑珊处，笑容灿烂。

这个温馨的广告暖哭了好多人。

每一个从这里离开的年轻人，都忘不掉在这里住过最便宜的农民房，吃过最便宜的小吃。这是深圳梦开始的地方，而这条村也即将面临着拆迁。

求奇村以前是一个穷村，"求奇"在广东话里是随便、马马虎虎的意思，后有了报社和电视台，多了一条新闻路，这个村才有真正的名字，取了谐音叫"求奇村"，竟然和新闻单位的猎奇相映成趣。现在村民富了，穷村的气质还是没变，只是平添了几分烟火气。

陆凯精力旺盛得像一个不用充电的小马达，四处蹦跶。一到晚上，就来求奇村找李东晓吃烧烤。像陆凯一样没心没肺多好，李东晓总觉得自己活得太累了。

不远处传来了争吵声，一群人围了上去。

"那里是不是在打架，我们去看看。"陆凯反手"啪"扔下筷子就往人多的地方跑。

"你凑啥热闹啊？"李东晓一边反驳着，一边跟着过去了。

陆凯已经拨开人群，看到一个时尚女子正指着另外一个女子破口大骂："你有什么资格？你瞧你一股 Low 劲，一看就是一Low 鸡。"

"这不是夏语晴吗？"李东晓看得不是很清楚，回头问陆凯。

"是她。"陆凯肯定地说，"怎么哪儿哪儿都有她。"

李东晓上前站在两人中间，把夏语晴拉到一旁："怎么了？"

"靠，也不怕下巴戳进硅胶胸里！"夏语晴甩开李东晓的手，抓了几下自己的发梢，甩甩头就走了，"真的是日了狗了，倒霉的时候吃个饭都能吃到苍蝇。"

"你别太在意，这种女人一看就不知道好歹，难怪他老公抛弃她，一看就是倒贴的女人，你比她好看多了。"陆凯安慰夏语晴。

"你怎么知道他老公会抛弃她？"夏语晴警觉了起来，瞪着陆凯。

"总会抛弃的，你放心好了。"陆凯有点不好意思拆穿，耷拉着脑袋瞥了一眼夏语晴。

夏语晴还是说了一句"谢谢"，就闪进人群里了。好事的人也一并散去，没有人知道发生了什么，只是凑了个热闹。

"夏语晴还是挺暴躁了咧。"陆凯用烤串的串剔着牙齿。

"我现在特别喜欢这种女生，不做作，干脆。"李东晓看着夏语晴远去的背影，愣神。

"切！你就说张小沫做作呗？"陆凯用烤签戳着李东晓的脊背，说，"不过，这是实话，张小沫已经不是当年那个棉花糖般美好的小女孩了。你看那个卷发，就像爆米花一样，丑得咧。"

"你嫌不嫌脏！"李东晓抓过烤签，扔在地上。

陆凯回到饭桌上，整理思路碎片，和李东晓分析。

"我基本上可以确定夏语晴的信息了，她和一个台湾男人好上了，这个台湾男人有家室，一直想离婚没有离婚成功，现在是正室斗小三，夏语晴吃亏。"

"她也是可怜的，这么好看的女生，找一个好男人多容易，怎么就当了小三呢？那个男的，是多有魅力才让这样的女生当小三？难怪那天在新竹，看到她正在求姻缘，一定是去台湾找过那个男人了，只是人家没见她。"李东晓觉得陆凯分析得有道理，不免开始同情起夏语晴了。

以前求奇村住着很多香港货车司机的二奶，李东晓看着她们青春靓丽，逢年过节孤零零一个人在村里遛狗打发时间。

求奇村，真的是一个奇妙的存在。很多梦想，就是在这些流浪歌声中被激发；很多梦想，就是在这样的农民房里长大；很多梦想，就是在这样的路边摊被喂饱……

李爸爸常和人炫耀：某某明星，当年来深圳，就住在我们求奇村，这些路边摊，他们全吃过。

你越缺什么，就越在意什么，努力争取什么。求奇村缺的是被传播的历史，夏语晴缺的是被认可的爱情，李东晓缺的是记者生涯的延续，他们都想在自己觊觎的位置上，弥补自己的遗憾。

第三章　你是我的小向往，站在对岸看你微笑就好

"你要学会画句号，让它的负面影响就此终止。人生有很多可以画句号的机会，而我们总是在画逗号，把精力都消耗在过往当中。除了无穷无尽的疲惫，并不能改变什么。"

1

早晨的居民楼，像是打翻的糖果盒，小白领们像糖果"哗"的一声，涌出了居民楼，四处散开上班去了。

李家老少一大早就出门去村文化广场准备大盆菜宴，家里只剩下李东晓一个人。他精心地修了一下胡子，顿时神清气爽。飘絮的雨水打在身上，新闻路雾蒙蒙一片。在新单位上班的第二天，一切都是新鲜的，连雨水都带着茉莉花的清香。

李东晓没带伞，和住在求奇村的底层白领一样，一头猛扎进雨帘中，直接冲进了《南方晨报》的报社大楼。头发都湿了，裤脚还黏着半片枯叶。他无意去拍走这半片枯叶，或许这个时候，他会觉得秋天来了。

李东晓看着晨报社斑驳的木质牌匾——新闻路 71 号，转身拍了一张自拍发给了老朋友石头。

晨报社在新闻路的中段，正对着明德国际公寓，在办公室里就能看到夏语晴在阳台挂了什么颜色的内衣。夏语晴总是在中午起床，在阳台上伸个懒腰把内衣收了。

《南方晨报》是深圳发行量最高的报纸，在整个南方地区都有着举足轻重的影响力。在纸媒鼎盛的时期，地方报纸有两大门派：北报南报。其中的"南报"指的就是《南方晨报》。而李东晓能进《南方晨报》，靠的是在《北报》的履历。准确说，靠的是一个微信好友——小博。

小博某一年在北京采访两会时，加了李东晓的微信，从来没有联过。刚好看到李东晓在朋友圈找工作，小博便极力推荐给主任老孙，没想到连面试都不用就直接进了报社。

快餐式的交际，并非一无是处。有时候找熟人帮忙，是进是退都不好把握，怎么做都欠下一个人情，倒是这种一面之缘，可以大胆行事，帮不了拉倒。而有时候能帮上忙的，也就是随口一句话。

李东晓在自己的卡座上坐了下来，这个位置原来的主人一定是一个爱收拾的处女座，订在一起的每一份通稿都被拔掉回形针，毫厘不差地堆在一起，像是一本刚装订好的新书。他从包里掏出一块蛋白石，长得像被染成了粉红色的对半切开猕猴桃，放在桌面上。爸爸说这样能增进和同事之间的友谊，李东晓就当是装饰品了。

小博瞟了他一眼，喊了声"嗨"，便嘟了一下嘴唇，把脖子上的颈椎枕拨正，继续昂着头写稿。那架势，恨不得把电脑屏幕放到天花板上治得好这小颈椎。李东晓很想提醒他，这坐姿，就算治好了颈椎，也会落下个腰间盘突出。不过，李东晓只是微笑示意了一下，没有主动地去套近乎。

社会新闻部是晨报最大的部门，只有周一例会，能凑齐20个记者。四楼的办公室里人不多，李东晓划着鼠标的滚轮，在爆料平台上刷消息。小博则又坐正身子，跷着兰花指拿着镜子在修着鬓角，不时瞟几眼李东晓。男生为什么要修鬓角？李东晓没看太明白，毕竟自己在《北报》的老同事石头，连胡子都可以几天不刮。

"要是有小胡子就好了。"小博看到李东晓已经回到自己的卡座，故意地低声念叨。

"有胡子有什么好？我的胡子一天不修，就特别邋遢。"李东晓说完，摸了一下鼻子下面的须根，自己每天也要花时间修胡子，估计修鬓角也是同样的道理吧。

"看你的喉结，真的是男性荷尔蒙爆表的象征。"小博调侃着李东晓，修长的手指，往下顺了一下鬓角，边说边跺脚，一口安徽台湾腔叫嚷着，"羡慕死你的啦。"

好不容易能理解小博的鬓角，却又看不懂男生这样跺脚是要怎样。

好在老孙的一惊一乍的叫声化解了尴尬，李东晓还没想好怎么接小博的话。

"李东晓，你来一下，这里有一个爆料，一个市民说自己去隆胸隆成了大小胸，现在正在和院方交涉，你去看看。"老孙蹭地从座位上站起来，垫瓜子壳的旧报纸被抽开，瓜子壳和瓜子一起散落一地。老孙在满地的瓜子壳中找没嗑过的瓜子。

晨报的社会新闻部主任叫孙茂，大家背地里都叫他老孙。老孙不老，和依旧年轻妖娆的兰花指"少年"小博是同期生，2003年一起进的晨报。

老孙年少发福的肚子把一件黑色的打底衫撑成了外套，头发看上去很油腻却清爽，黑色中袜皮鞋有些脱色，站起来时有些猫脖子。他的嘴唇很薄，牙齿不太好，大门牙像是被磕掉了一个缺口，他偶尔冷笑几声，畅快一下，眼神中流露出狡黠的光芒。

小博和李东晓打好了预防针，说老孙这人非常"独"，上任后清洗了所有的老员工，只留下听话的新员工，以及依旧青春的"不老男孩"小博。

"不过，如果不是他清洗老员工，你也没机会进来。老孙这人，看不起没钱的，看不惯有钱的，看不起蠢的，看不惯聪明的，所以在社会新闻部的生存之道便是……"小博收起跷起来的屁股，胯部往前一顶，"傻人有傻福。"

"孙主任，我也还没有选题，你偏心。"小博走到老孙面前，娇嗔地说。

"自己上爆料平台再看看，别顾着化妆。"老孙一副不耐烦。

"哪有化妆的啦！"小博白了一眼。习惯了夏语晴的白眼，李东晓看小博竟然像是看一个大妈堂而皇之地背个 A 货包包。

"你去另外一个爆料，七中高二的同学，学习成绩不好的都被调剂到传媒班，传媒班的同学必须到校外培训机构学习备战艺考，家长反映要交两份学费不合理。"老孙把小博也叫了过来。

"想当年，我们复旦分数最高的就是新闻系，传媒类专业那是大热门，现在都是成绩差的学生去报考传媒，这都是什么世道呀？"小博噘着嘴，一脸不乐意。

"传媒专业和新闻专业两码事别混在一起，一个是艺考一个是普通高考。对了，你也不想想，你念大学时是二十年前，二十年前和二十年后，媒体环境差别有多大呀！你甬纠结这个了，快去采访。"老孙拿小博来开涮。

"孙主任，什么二十年，我也就毕业十一年，我有这么老吗？"小博眉头一挑，小腰一拐，不乐意了。

"你没老，你同学老了，你看看你朋友圈里发的同学聚会照片，都是些秃头的大叔，你都可以当他们的儿子了。"

"我年轻就行。"

小博比李东晓大六年，今年35岁，和同龄的老孙活出了两个完全不同的世界。老孙每天老气横秋地上蹿下跳，以资格老自居。而小博常自称是"90后"，这样可以避免被拿来和老孙正面比较，在辈份上谦虚一把也算维护了自己和老孙的关系。1999年入学的大学生，硬是说成抓住了90后尾巴的小正太，把大学入学年份当作出生年龄来活。深圳是一座没有盘根错节渊源的城市，所有人都可以把自己捏成自己想活的模样，只要你愿意。英雄莫问出处，你说你是90后，总会有人真的把你当90后，这就是这座城市的魅力。况且说自己是90后也不是什么装嫩的方法了，1990年出生的同事，很多都老气横秋地自称老记者了。

　　"你们这群人，真的是替你们揪心，都不买房子，你们是想要怎么样？你们以后都打算住到惠州东莞去吗？"老孙在"330新政"出台前买了房子，过了一个星期就涨了一百多万，一时间觉得自己层次都不一样了。

　　"买不起，现在是高点。"小博心不在焉地敷衍着。

　　"李东晓，你也不小了，快三十了。你们这代年轻人，买房子真是难，你要不要我给你介绍一个村里的姑娘，入赘就啥都可以解决了。"老孙把目光转移到李东晓身上。

　　"入赘？"李东晓刚入职不久，就被老孙直接杀了一个下马威，支支吾吾找词，"我……还小，不着急。"

　　"小什么小，像你这种文艺青年，在相亲市场上特别不受待见，你就等着哪天有一个特别崇拜你、会照顾人、家里又有钱的女生成为你女朋友吧？"

"希望吧。"

"希望？这样的女生怎么会喜欢你这种连房子都没有的屌丝。"老孙极尽羞辱之能事，"你瞎人家不瞎好吗？我还以为女生才会有灰姑娘遇上白马王子的想法，没想到你一个大男人也会做白日梦。"

初见老孙，李东晓发现这领导——挺逗。

"东晓哥，那我出去采访了。"小博和李东晓使了一个眼色，不要继续聊下去了。天知道老孙又在打什么鬼主意。

"小博哥，我是弟弟。"李东晓跟着小博走了一小段，甩开老孙。

"哥是江湖地位，不是年龄，放心吧。"小博把挎包挂在手臂上，回到座位上满意地对着镜子左左右右看着自己刚画好的双鬓，出门了。

来社会新闻部实习的女生，都是由小博先挑，条件是能干活，还不能比自己美。出去采访时，女实习生负责提包、拍照和录音，最好是灰头土脸那种，这样才可以突出小博的光彩照人。要是参加发布会，小博会提前把场子的档次先提升起来。

尽管刚来晨报时的工资是两万七，现在已经变成了六千，但是小博花在身上的钱，只能更多不能少，这才是真正的时尚贵族，面对这点零星工资，坐怀不乱，不哭不闹不上吊。新闻人的那点尊严，被小博都穿在身上了。

被不识路的专车司机兜了半天，李东晓才找到这家窝在城中村的医院。医院装潢得像乡镇黑医院的整形机构，门口挂着的"秀泉医院"四个字，被腐蚀得斑驳不清，乍一看，还以为是"禾白医院"。

如果不是来采访，李东晓怎么会知道深圳还有这种老旧的医院。

医院里空荡荡的，医护人员要么躲躲闪闪地避开，要么直接关上诊室脱了漆的木门走了。深绿色涂料胶浇过的地面，淡绿色的帘布随风飘荡着。

"拍鬼片咩营造这个气氛。"李东晓在嘟囔着的时候，看到当事人拿着病历本走过来。

"诶，我们是不是见过？"一个女人用食指和拇指捏着胸，走了过来。

"你这妆……"李东晓把视线从胸部移到了脸上。

来维权还化个大浓妆，也是很拼。

"对啊，我就是庄庄。我们肯定是见过的，眼熟。"女人误以为李东晓真的想起自己了，直勾勾地盯着他看，看得让人发毛。

庄庄，呵呵，这歪打正着打得不是时候啊，采访最怕遇到熟人，总得被带偏，分分钟先入为主，被领导质问不说，还容易被责怪事情没被办到位。

好在这姑娘只是套个近乎。

不过，还真的有点眼熟，不，是很眼熟，这不是……在求奇村路边摊手撕夏语晴的"正室"么？难怪夏语晴说她整过容，还真的没错，还整失败了。女人的眼睛就是锐利，能一眼探出别的女人哪个部位动过刀子。

"我……比较大众脸，很多人都觉得我长得像熟人。"李东晓赶紧转移话题，"你怎么会来这种地方做整形？"

李东晓百思不得其解，一个"正室"，不缺钱才对呀，把自己身体交给黑诊所似的整形医院，躺在手术台上都不舒服啊。

"这里离家里近，在这里做隆胸也不会碰见什么乱七八糟的朋友。还有啊，我朋友说的，这是郭起代言的美容院，在很多地方都做了广告，肯定没问题的。细细粒，你来和记者说说。"庄庄有点责怪身边闺蜜的意思，用力过猛扯得人家跟跟跄跄的。

"我系细细粒，之前在这里做过双眼皮，还挺好的。"细细粒的普通话带着浓浓的客家话口音。细细粒在广东话里，就是小个子的绰号。在这里割双眼皮倒是挺搭配气质，李东晓心里在暗讽着。

"做双眼皮能和隆胸相比吗？"庄大小姐摊摊手，摆出一副交友不慎的样子。她做的是隆胸手术，一大一小，身体失衡了。

"我的胸一边结了块，另外一边的奥美定还移动到侧身！你说这家医院多缺德！"庄庄气愤地说，手里比画着，就差没抓住李东晓的手去摸一下这胸是多么不堪。李东晓的手条件反射的往后缩了一下，下意识地收起手掌。

庄庄把在广州中山医院做的鉴定拿出来，其中有三个字特别显眼：奥美定。李东晓以前做过类似的采访，知道奥美定几乎是十年前就禁止的整形填充物。

"你什么时候做的隆胸？"李东晓问。

"三年前。"

李东晓跟着细细粒和庄庄进了秀泉医院，大堂悬挂的大幅广告照还没撤下来，光彩照人。郭起伸出大拇指和食指，露出洁白的牙齿，笑容灿烂。李东晓在北京时，还不知道郭起在深圳这么红，红到令人发指，无孔不入，早已不是那个在豆瓣上逐个回复网友的地下民谣歌手了。深圳本土的食品，一半以上是郭起代言。什么菊花茶、芝麻糊……都是郭起那张天使般的脸庞。如果这是正儿八经的整容医院，郭起雕刻般的五官，确实很适合代言。不过，换做是现在的郭起，应该不会接这么不入流的代言了，很明显这是一笔想抹去的黑历史。

李东晓掏出手机，拍了几张照片。

细细粒冲上去指着一个魁梧的大叔说："就是他！"

李东晓上前，说："你好，我是《南方晨报》的李东晓。"

"给我一张你的名片。"大叔嬉皮笑脸地把脸挤成小笼包，伸出厚肥的手掌。

"不好意思，我没有带。"李东晓刚入职晨报，名片工牌都没有，记者证还是旧版的，新证全国的记者都还没有发。索要名片的受访对象，要么就是私下公关要么就公关报社，李东晓以前当暗访记者，不习惯给名片。

这个魁梧的大叔，眼珠瞪得像刚刚点睛的"凸眼南狮"，一脸杀气地指着李东晓说："滚！"医护人员已经撤退的空荡荡医院里，声如洪钟的"滚"字真的在打滚，发出了厚实的回音，像是一个弹力球，四处弹跳。

李东晓不但没有滚，还上前了两步。长得老成的孩子在这个时候就显得优势明显，对方也愣了一下。李东晓把鉴定书举到和肩膀齐平，冲着对方说：

"证据都在这里，2006 年开始就不能用奥美定做手术了，为何你们医院在 2012 年还使用奥美定？"

这个魁梧的"凸眼南狮"一把抢过鉴定书。

"抢这个有什么用，这是复印件。"

满脸横肉，沟壑深重的"凸眼南狮"低头凑近细看。

李东晓又夺了回来，对着他扬了扬手中的纸："骗你的。"

"凸眼南狮"一下子像是动物园里被饲养员拿竹叶试探的大熊猫，一脸懵逼，气不知道该往哪出，看看李东晓，看看庄庄，直捏拳头，恨得指甲都要插进掌心肉里了。

李东晓盯着庄庄的胸看，此刻真的毫无美感可言。夏语晴说庄庄整容，李东晓还以为这只是气话，没想到这胸还真经不住细看。

"你看这边都结块了。"庄庄伸手撩起蓝色的小吊带，用手去压左胸的边沿，像是放了很久的馒头，坚硬无比，差点就能敲出响声了。

"您好，我是秀泉医院的法律顾问，我们可以到会议室说。"

没一会儿，一个长得壮实的女人像教导处主任一样，字正腔圆一板一眼地说。

"请问，在国家禁止使用奥美定进行整容手术之后，为什么你们还在继续使用？"李东晓直截了当地问，顺手拧一下手中的笔帽。连"滴"一声都没有，设在笔尾的针孔摄像头就已经开始工作了。

"您好，目前还没有足够的证据证明手术是在我们医院做的，院方将会收集齐所有的证据后，再回应此事……"法律顾问的说辞，像极了朝鲜中央电视台的主播李春姬，铿锵有力，每个字都放在嘴里嚼完再给你吐出来。

"没问题，受害者可以出示她的付款证明和处方单，我的问题是，为什么在国家禁用奥美定之后，你们继续用来做整容手术？"李东晓直接打断了她的话。

"我们作为工商部门注册的正规医院，一直以来贯彻着国家的方针政策……"这个法务，一定是教导处主任转行来的，慎重地说出一大串没有任何实质内容的托词，还自带宏大的 BGM。

……

庄庄一直在哭，妆都花了。鲁迅说过，悲剧，就是把美好的东西撕碎被别人看。庄庄为了守住自己老公的心，选择了整形，岂料现在老公连碰她都不碰。多少人为爱情付出了代价，庄庄再也不能恢复青春的容颜，夏语晴活在了"小三"的阴霾下。

2

李东晓没有回报社，就近找了一家咖啡厅把稿子写了。一看才下午三点多，就在万象城溜达。除了白衬衫，并没有什么想买的，他连逛街都觉得是杀千刀的体力活。没有张小沫给建议，他都不知道该买什么衣服，搭配什么样的颜色，况且万象城里能买得起的本来就不多。他愿意花一千块请大家吃饭，却不愿意花五百块买一件衣服。

李东晓在 H&M 的男装里走走看看，先看价格，再看款式，然后不知道选哪件，对他来说都没差，就怕别人看起来觉得奇怪。晚上，求奇村有大盆菜宴，李东晓打算穿一件新衣服去参加。村里很多乡亲，小时候的玩伴都特地赶回来参加，这是 12 年来最多人的一次盆菜宴，足足准备了 600 桌，霸占了全村所有大的空地，篮球场、文化广场、景龙小学都摆满了盆菜宴的桌子。

李爸爸作为求奇村股份公司的总经理，负责带着村民们提前几天就开始准备。小博打了电话过来，让李东晓七点赶到求奇村文化广场帮忙做一个采访："东晓小哥哥，反正你就是这个村的，你去吧，我晚上约了一个时尚主播吃饭，好不容易约到的。"

正好，吃饭采访两不误，怎么说也要光光鲜鲜的在儿时玩伴面前露个面。李东晓回家换了一身衣服就赶往文化广场。儿时的小伙伴，大多都带着孩子来。因为不常见到，相见时竟然没有儿时的热络，面对面找不到共同话题，竟然尴尬得眼珠四处乱瞟。李东晓心里默念着：快问我什么时候结婚生孩子呀，起码能打开话匣子。

突然觉得过年时，那些催婚的亲戚很义气，人家哪里管你什么时候结婚，明明是在化解了没话讲的尴尬呀！

李东晓发誓以后再也不反感那些三姑六婆多舌了。

李爸爸作为代表，对着摄像机侃侃而谈："求奇村的大盆菜历史可以追溯到南宋末年，当时皇帝落难来到这一带，村民们把家里最好的菜凑在一起，放在洗脚盆里，献给皇帝吃……"

"我儿子从北京调回深圳了，就在《南方晨报》当记者。"李爸爸和每一位采访他的记者都热络地打了招呼，给他们派名片，"还是深圳好。"

大盆菜像是把酒席里的剩菜烩在一起，第二天打开砂锅时香味四溢，汁液完全渗透，肉质松软入味。小时候，妈妈去酒席里就爱把剩菜带回来，说来也奇怪，李东晓就觉得这样才好吃。到北京工作后，李东晓才开始惦记大盆菜的味道。

李爸爸刚坐下，心满意足地盘算着下一次抛头露面的机会，"东东，你到《南方晨报》之后，一定要把我收藏的股票报道报道，这些都是断代文物，纸质股票以后都不会再有了，你报道了这个肯定能拿新闻奖。"

李爸爸在股票无纸化之后，就开始四处搜寻纸质股票，从"深五股"到清朝时期的股票，李爸爸都有收藏。他时常喊一些藏友来家里，神神秘秘地从柜子里拿出藏品一起分享，说这是具有"深圳标签"的断代文物。

"每一个受访者都觉得自己的东西多么了不起，在读者或者观众看来，还真的不是这样。况且，哪有记者报道自己爸爸的，感觉怪怪的。"李东晓翻开大盆菜，找到了一颗瑶柱塞进嘴里。

"你就知道天天出风头，有名无分的总经理真是羞死个人，和外地来打工的有什么区别？"李妈妈又开始数落起来。

李东晓赶紧岔开话题说："爸，我们明天要不要去大鹏所城吃将军宴，我想吃濑粉。"

"天天知道吃……"

无论什么大喜事，李妈妈都在极力地破坏气氛。所有的美好，在她看来，都要未来为此埋单，决不能表现出得意忘形的一面，不然会遭到报应，成为别人的笑柄。

"房东。"一个熟悉的声音在耳后响起。

"夏语晴？"李东晓站起来，顺势逃脱饭局。

夏语晴化了个淡妆，站在旁边，手里还拿着特区台的麦标。

"原来你爸还是村长呀？刚听你爸说你还是记者呢。"夏语晴摘下墨镜，玩弄着镜架。

"什么村长，现在都叫股份公司总经理，也就是一个干活的。"李东晓正想找夏语晴呢，把她拉到文化广场的篮球架下面，"喑，你是特区台的记者？还是主播呀？同行嘛！"

"怎样！时尚节目的主播，来录外景。"夏语晴的小白眼，翻了过去。

"我正想有时间找你，你知道我采访遇见谁了？"李东晓凑了过去。

"夏语晴，快过来录口播。"

身后一个男人在喊，李东晓看过去，摄制组正在调试灯光。

"你等我一下，我待会找你。"夏语晴转身走了过去。她接过编导模样的男生递过来的话筒，抿一下嘴唇，确认唇彩涂匀后，在镜头前说了一段词：

"说到求奇村，我觉得大家都知道求奇村的村民非常的富有，今天在大盆菜宴的现场呢，应该是村民最齐的一次，和以往在商场录节目不同的是，这次我们就在深圳最富有的村之一来看看村里年轻人的时尚敏感指数。我发现，每个阶层对时尚的理解是不同的，同样是有钱，求奇村的村民则比较偏向于大 Logo 式的时尚，今天在现场，就发现了大约十条爱马仕的皮带，'H'字母的皮带头随处可见，而且一定要明显露出来。村里的年轻人随大流多于自己对品牌的认可。而女生则是几乎每人一个香奈儿的包包，而中年妇女偏向于喜欢 LV 和 Gucci，同样是经典款泛滥。欢迎收看今天的《滚蛋时尚》，我是夏语晴，接下来我们把时间交回演播厅。"夏语晴对着镜头说。

……

夏语晴就是《滚蛋时尚》的女主播？李东晓听说过这个节目，但是没想到主播正是自己的房客。这个节目就是当街点评路人的着装，和画风清新的街拍不同的是，《滚蛋时尚》的模特，全是反面教材。

一边是爱看是非的观众，一边是义愤填膺的"模特"，好不热闹。

李东晓趁夏语晴忙着，在微博上搜索"滚蛋时尚"，第一个推荐的 ID 就是主播夏语晴。夏语晴的微博是清空状态，而网友并没有因此放过她。在很多 @夏语晴的微博中，李东晓看到了网友们的才华。

"那个叫夏语晴的主播，自己穿成这样，怎么好意思点评别人。@夏语晴。"

"谁能给 @夏语晴寄去一打镜子好让她照照自己，这钱我出了。"

"姐姐妹妹站起来，不能让 @夏语晴这种口无遮拦的时尚主播祸害了我们的审美。"

"还有谁被 @夏语晴毒舌过的，麻烦进这个群。"

……

"你们这个节目倒是挺有创意，不过，缺德了点，这样点评人家着装，不会怕被打吗？"见夏语晴录完节目，李东晓就凑了上去。原本以为民生记者是最危险的，没想到连时尚主播也一样。

如果自己手上那串黑曜石没有断掉，李东晓真想把它送给夏语晴。

"没办法，现在做时尚不能坐在演播厅里曲高和寡地说设计理念，没人看，观众就爱这种刺激的。而且，我们只点评花大钱的失败案例，像你这种，身上一件大牌都没有的，当然不会点评。现在不是提倡建设节能型社会嘛，让他们别把钱给浪费了，花一大笔钱把自己打扮成大妈，谁能不心痛！"夏语晴把话筒递给编导，用手抓了一下头发。

"你过来，我和你说一个事，我今天采访遇到你的那个……庄庄。"李东晓把夏语晴拉到一旁，确认离同事走远后，低声和她说。

"庄庄？哪个庄庄？"夏语晴吃惊地问。

"就你的那个……"

"哪个？"

"情敌？"李东晓不太确定陆凯的猜测是不是对的。

"情敌你妹，别乱说，究竟是谁？"夏语晴不知道李东晓葫芦里卖的是什么假药。

"算了，那我就挑明了，就是那个……她整容失败了，我今天就是采访她。"李东晓没想到更好的词，越说越是隐晦。

"嗯？你确定我认识的？"夏语晴皱了皱眉头，由惊讶变成了没兴趣。

"就是那天……和你在求奇村大排档撕逼的女人……"刀架在脖子上，李东晓不得不把八卦的话题拿出来。

"喔，那个整容脸啊，就是被我点评过的路人，我说她一身名牌却不懂得颜色的搭配，爱马仕的包包拎在手上，和淘宝货没有什么差别。这贱货见到我就来劲了，非得要损我一顿。"夏语晴漫不经心地抹着刚做的指甲，这事儿她遇到的多了。

一个端庄的主播，"损词儿"张口就来，李东晓看着夏语晴得意的劲儿，觉得这姑娘还真的有意思。

"我还以为你是……"李东晓脱口而出。

"以为什么？"夏语晴抬头瞪了一下李东晓。

"诶，你……"李东晓一时找不到话题，"你不是失恋了吗？"

"房东，你是不是管太多了。"夏语晴正想回答，眼珠子骨碌一转，干吗要和他说这么多，"你在哪个报社？"

"《南方晨报》。"

"很可以啊，我也订了晨报。"

"太荣幸了，没想到你这样的时尚 Lady 也会看报纸。"

"我订报纸是为了给我们家狗捡狗屎，遛狗的时候方便，晨报是小开版的，折两下塞进口袋里刚好。"

"……"李东晓尴尬地挠了挠头皮,"你还养狗?"

"以前和男朋友一起住的时候养的。"夏语晴说完,又愣了一下,"我说你这记者套话也太厉害了吧,你真的又管太多了。"

"抱歉。"李东晓犹犹豫豫地说,"不过,我还是想要拿回房子,因为我不想和我妈妈住在一起。"

"嘿,房东,我送你两张票吧,你可以带你女朋友去看郭起的演唱会。"夏语晴灵机一动。

"我和我前女友很早就听郭起的歌了,可惜,我们分手了。"

"总之,别带上你那个吵死人的朋友,叫什么凯来着?"

"陆凯!"

"对,别带上他,每次见到他那个嘴贱的样子,真的好想毒死他。"夏语晴从小方包里掏出两张演唱会门票,"这票还是挺难拿到的,别送人了。"

"我太容易被收买了,这下我怎么好意思催你搬走了。"李东晓晃了一下手中的门票。

"你会做嗒!"夏语晴伸出修长的手指,用指腹蜻蜓点水般拍了拍李东晓手臂,"我记一下你的号码加个微信,我摔坏了手机了,现在这台手机里通讯录只有同事的。"

夏语晴身上青苹果味的香水,在她弯腰找手机的瞬间,跟随着胸部的一股热气冒出来,淡淡翻滚的清新扑鼻而来。李东晓的镜片又开始冒着白雾了,呼吸一异常,眼镜又遭殃。

"那我还是还给你吧，我没有女朋友，我是和女朋友分手才回深圳的。"李东晓报上了电话号码，犹豫了一下还是把票递回去给了夏语晴。

"那怎么行！我也分手了，同是天涯失恋狗，要不你跟我一起去看，算是送给房东的见面礼。"夏语晴抓住李东晓的手腕，往外一推，"再怎么说我也是一美女，总比和陆凯一起看有意思吧。"

"那好吧！"李东晓挺想去的，毕竟郭起的第一场弹唱会，还是自己的大学记忆。在那场弹唱会上，他决定去北京的。

"Okay！"夏语晴甩了一个响指。

3

一个演出到底火不火，就看黄牛在和你兜售票还是回收票。郭起演唱会属于后者，在演唱会的最后时刻，黄牛还想着狠狠地赚一把。一些从外地飞过来的歌迷，在淘宝上谈好价格，结果黄牛坐地起价，又加收了两百。夏语晴约了李东晓在春茧体育中心的KFC碰面，这是黄牛党聚集的地方。

郭起是近两年才开始爆红的民谣歌手，从独立书店起来的一批流浪歌手。因为各类选秀节目都爱翻唱民谣歌手的歌曲，一夜间民谣歌手都上岸了。郭起能红，主要是靠颜值，不然民谣的品质很难开场馆演唱会。

李东晓当年下定决心"北漂",还和六年前的郭起有关。

2009 年的深圳,音乐厅小剧场。刚上大四的李东晓,骑着从桂庙新村二手市场淘来的自行车在云字楼女生宿舍接上张小沫,使尽了吃奶的力气,骑上深大北门的斜坡,还没来得及喘气,大雨就哗啦啦地落下来。李东晓把外套脱下来塞给了张小沫,拉着她的手冲上了公交车。

到音乐厅时,张小沫拧着湿答答的长发和李东晓坐在小剧场的二楼。

民谣歌手郭起,一个小众到不能再小众的歌手,在一个电台DJ 的支持下,开了自己人生中的第一场演唱会。稀稀拉拉来了两百个铁粉,人少但是场子非常热。

在豆瓣上发歌的郭起,第一次面对这么多歌迷,显得很局促,不弹吉他时,手都不知道该往哪里放,一直往裤子里蹭着手心的汗。

郭起唱跑调了,张小沫还是哭得一塌糊涂,说:"这个改编真好。"

郭起说:"我们来聊聊天,聊什么都行,想不到聊什么就点歌。"

一个白衬衣男生站了起来,他说:"我和我女朋友从大一开始就在豆瓣上听您的歌,大学四年里,我们听着您的歌曲,去过很多地方。今天我和她一起来听您的演唱会,外面的雨好大,我们都淋湿透了，但是还是很高兴。在大学四年里，我们感情一直很好，我总以为，遇到事情说开了就好，但是最近我发现，沟通让我们变得麻木，觉得说什么都没有用，不想说不想听，我想借着这个机会，和她说：我爱你。"

郭起不善言辞，看着他们说："谢谢你的分享，我也不知道说什么，送你们一首歌吧。"

那个木讷的男生是李东晓，坐在他旁边的，是女朋友张小沫。

张小沫刚获得了新闻系的保送，即将要到北京读研。在选学校的时候，李东晓总以为张小沫一定会选深大，压根没把读不读研这件事放在心上。

"你的排位在新闻系是第一名，保研你可以选择全中国最好的新闻学院，为什么一定要留在深大？你不选好的，机会就留给芳芳那个小碧池了。"室友劝张小沫慎重，芳芳是她们宿舍讨厌的心机女，新闻系的第二名。

张小沫心动了，在最后那一刻，在意向栏里填了她一直很向往的学校。李东晓是在校园公文通里看到保研名单，才知道张小沫要去北京。

张小沫等着李东晓问，李东晓等着张小沫说。

最后，谁都没有开口。

从弹唱会出来，雨停了。在音乐厅能看到 CBD，灯火辉煌。这个城市的每一处闪着光的繁华，都在等着他们去采摘，然而，却有人要离开。

"我们一起去北京好吗？"

张小沫突然转身抱着李东晓，靠在他怀里，号啕大哭。李东晓的喉结动了几下，没有说话，张小沫低下头，把脸埋在李东晓的胸前。

好像等了好多年，张小沫终于得到了这个答案。

"嗯。"李东晓低沉的声音从喉咙里发出来，通过厚实的胸脯传入了张小沫的耳朵。

"东东，对不起，是我自私了，如果分开是因为我们不够努力，我不甘心。"张小沫哭得更凶了。

"没事，这不都解决了吗？"李东晓抹去了张小沫的眼泪，紧紧地抱住她。

李东晓答应了，他完全不知道将会面对什么，连念大学都没有勇气去北京，却因为张小沫，轻率地答应了。

这个决定，他不知道对错，却知道没有退路。他已经不是那个在爸妈的监视下填高考志愿的中学生，他是一个精致的花瓶，打碎的那一刻，故事才真正的开始。正如郭起的歌词一般，萦绕在耳后：

青春是一个精致的花瓶

故事从你摔碎的那一刻开始

而我

优雅地捡着碎片

血流成河

光影里

一晃而过的故事

沾满了花瓣

在花期的尽头

你迎面走来

笑容可爱

经久不息的掌声，在体育馆响起。李东晓的思绪回到了现场，他像一只小小的蚂蚁，成了上万个粉丝中的一个。他们喜欢郭起的原因，会和自己一样吗？

那些漂亮的词汇，突然盖在一个熟悉的人身上，泛滥得措手不及。

张小沫说过："太多人喜欢的东西，我总是喜欢不起来。"

不知道此时，张小沫会不会还在听郭起的歌曲，她会想到那些青葱的岁月和草率而热烈的决定吗？

"我们每个人，都是这个世界上的小蚂蚁，力量很单薄。我也没有想过会有机会开这样的演唱会，这么多人来听我的歌。深圳是我的福地，夏语晴当年在音乐频率当 DJ 的时候，不遗余力地推荐我的歌曲，所以我的第一批歌迷都在深圳。"

原来那场小型的弹唱会是夏语晴做的，没想到居然在六年后，有这样的交集。李东晓想和夏语晴分享自己和郭起的缘分，可惜现场歌迷太吵了。

郭起往夏语晴的方向看了一眼，示意起哄的观众安静，接着往下说：

"2015 年是我很特别的一年，很多人认识了我，也有很多人质疑我，但是，我还是我，没有变，心中依旧是有着自己对音乐、对生活的小向往，接下来，我要给大家送一首歌，是我的好朋友杜尹浩创作的，叫《小向往》。"

"杜尹浩？真巧！我有一个朋友也叫这个名字。"李东晓凑了过去，拱着手掌在夏语晴耳边低声说。

黑暗中，夏语晴翻了一个白眼。

李东晓解释道："不过我这个朋友，不是音乐人，就是一个卖床单的。"

"人家是有品牌的床上四件套好吗！"夏语晴纠正了李东晓。

"啊？你们很熟吗？"

郭起拿起吉他，坐在高脚凳上，开始拨动简单的和弦，音乐起来了。夏语晴面无表情地说："不太熟，前男友。"

......

郭起已经开始唱了起来：

没有告诉你

你究竟有多好

我默默地守护着你的小向往

太用力会把你捏碎

站在对岸看你

微笑就好

、、、、、、

夏语晴泪水夺眶而出，一直侧身背对着李东晓。她是著名的主持人，她被辱骂是因为她节目伤及了路人，她出现在新竹城隍庙，是因为杜尹浩。难怪第一次见到杜尹浩时，觉得眼熟，夏语晴手机来电的两人合照，男主角就是杜尹浩。夏语晴身上所有的谜团，都解开了。李东晓手里拽着纸巾没递过去，愣着看夏语晴。

"有许多事情，你要学会画句号，让它的负面影响就此终止。人生有很多可以画句号的机会，而我们总是在画逗号，把精力都消耗在过往当中。除了无穷无尽的疲惫，并不能改变什么。"

李东晓靠在椅背上，自言自语。

"谢谢你，这碗毒鸡汤我干了。"夏语晴抹去了眼泪，用无名指的指腹拍了一下卧蚕。

"我们继续听歌吧。"李东晓想不到别的安慰词。

民谣歌手最大的魅力就是 LIVE，郭起慵懒又带劲儿的声音，舒服又有主张。

"我们到后台去和郭起打个招呼吧，反正你也是媒体人，一起认识一下。"夏语晴抓过李东晓拽在手里的纸巾，擦了一下眼角。

郭起演唱结束后，抱着吉他在签唱处和歌迷合影。

"先生，可以帮我们拍照吗？"一个举着郭起灯牌的歌迷，喊住了李东晓。

"可以啊！"李东晓接过手机，对准一群 30 人的歌迷团。

"3！2！1！"李东晓按下了拍摄键。

就在喊到"1"的时候，所有的郭起名字的灯牌，都被翻到另外一面，一个品牌的名字露了出来。

李东晓莫名其妙地把手机还给对方。

"又是来蹭广告的，借合照来发朋友圈的微商吧？"夏语晴拉着李东晓穿过排队等签售的人群，"我们去后台等郭起吧，人太多了。"

后台只有工作人员在走动，一个女生的声音极具穿透力的在骂着：

"你不知道郭老师喝咖啡只喝纯咖啡吗？把这个给我扔

掉。这个 Pizza 是怎么回事，都说了郭老师不爱吃面食，这算什么……"

"这个应该是郭起新来的宣传，我之前也没见过。"见李东晓愣在一旁，夏语晴解释道。

"你是怎么进来的，你是干吗的？"

"你好，我是夏语晴，特区台的，我是郭起的朋友。"夏语晴解释。

"夏语晴？你到外面等一下好了。"

女子看到李东晓那一刻也愣住了，李东晓的手颤抖地往后拽着裤子。

"你怎么在这里？"张小沫吃惊地看着李东晓。那个棉花糖般的女孩，比以前更加时尚了，一身闪亮的名牌杵在眼前。

"抱歉，走错地方了。"李东晓转身走了出去。他的手颤抖着从裤袋里掏出手机，给石头发信息："你说的你那个朋友，是不是民谣歌手郭起？"

石头的电话直接打了进来。

"东晓，你是不是知道了？我说的就是郭起。"

李东晓没说话，愣在一旁。在离开北京的那一刻，李东晓以为自己已经想开了，所有的一切都和自己无关了，开始自己新的生活，没想到在这里遇见张小沫，更想不到的是张小沫出轨的是民谣歌手郭起。

"哥们儿，挺住啊！"

石头发了一个微信过来。如果石头在深圳，李东晓真的好想找他大喝一场。生活太离奇，值得抱头痛哭。在郭起面前，李东晓感觉自己就是一个窘迫的歌迷。如果自己是张小沫，也会选择郭起。

"怎么了？"夏语晴追了上来。

"郭起的宣传，是他女朋友……"李东晓看了一眼夏语晴被眼泪晕开的眼影，"她是我前女友，我是因为她才回深圳的。"

"靠！"夏语晴也愣住了，半天才用嘴型表达了一句脏话，长长地吐了一口气。

4

从春茧回到新闻路，李东晓都忘记自己是怎么被夏语晴拉上车的，又怎么样到了一家咖啡馆。他无时无刻不在走神。

夏语晴点了一杯热巧克力给李东晓："不要想太多，你不是说了嘛，要学会画上句号。"

"大家都懂的道理，其实才是最难去做的。"李东晓啜了一口热巧克力，有点烫口。

夏语晴三十岁那天，她说要结婚，结果吓跑了杜尹浩。她双手握着咖啡杯取暖，咖啡馆里的冷气有点大。

"我比你惨，他父母来深圳我们还见了面，商量过结婚的事儿，他就突然消失了，完全失联，就那天你们在公寓的时候，他和我说不要联系了。我知道他有恐婚症，也是因为逃婚才来到大陆的，但是那一次是家里安排的相亲，不一样，我和他都在一起三年了。没想到还是这样的结局。"

"郭起第一场弹唱会，我和我前女友一起去看的，就是那天晚上我决定去北京的。直到今天我才知道原来出轨的是郭起。"

夏语晴沉默了一会儿，才接过李东晓的话茬。

"我还真的不知道郭起拍拖，郭起是那种玩咖，也没听他说过拍拖的事，所以你说的时候我也愣了一下。看来这次是真爱，你前女友确实很不错。长得清纯，满脸的胶原蛋白。"夏语晴反过来安慰李东晓，"前女友找一个好的男朋友，说明眼光不差呀，往好的地方想，要是找一个歪瓜裂枣的，还不气死你。"

"你这是安慰人的话么？不过，谢谢你。"李东晓惜墨如金，实际上他并不知道说些什么。人生如戏，不知道谁在导演，随性地改着剧本，越离奇越好。

新闻路的夜，咖啡馆里坐满了码字的记者。对于不用坐班的记者来说，在新闻路上挑一家咖啡馆，点一杯咖啡，开始自己长篇大论的码字，比办公室舒服多了。最高纪录，在新闻路上有12家咖啡馆同时营业。而生活工作在新闻路上的人们，对咖啡的挑剔高于对文字的讲究。在新闻路上，每个月都有一家咖啡馆开张，一家咖啡馆关张。

曾经有一家咖啡馆主打冰滴咖啡，一家主打猫屎咖啡，老板心想着这新鲜又矫情的东西总能拿下这群媒体人了吧？岂料这两家咖啡馆不到一个月，就关张了。去尝过这家冰滴咖啡的新闻路居民都说：就这水准也好意思在新闻路混？

新闻路不是富人聚集的地方，但绝对聚集了最多见过世面的人。

新闻路有一个硬伤，它是全深圳最多精英的聚集地之一，也是最多单身男女的聚集地没有之一。过高的眼光和过低的条件，两者距离最大的职业，莫过于见多识广的穷记者了。

日益增长的见识和日渐干瘪的荷包处于并将长期处于不对等的位置，怎么能看得上对方？

在别的地方，孤男寡女约在咖啡厅不是谈生意就是约会，在新闻路，就算是干柴烈火，屁事都不会有。

不过，对李东晓而言，张小沫泼过来的冰冷，居然能被夏语晴的细心温暖到。那是一场没有结束的开始，在郭起的歌声中散落，又在空气中重聚，隐约中又有什么东西在萌芽。纯真暴躁的夏语晴，像一把直插心脏的利剑，在最敏感的角落温暖着那个几乎要崩溃的心。

5

新闻路的清晨，一夜的安静被吵醒。秋风习习，拍打在脸上，像是闷热的日子里被加了冰块，多了几分清爽。深圳的冬天来得太晚，每一天的清凉都值得珍惜。李东晓早早出门，到了报社。透过窗户，能看到对面明德国际公寓里的夏语晴在用毛巾擦拭着地板。

"东晓，你红了！"小博微信上甩了一条链接来。

一个微信公众号的帖子，标题是《郭起代言黑心医院 女粉丝隆胸失败遭毁容》。点开帖子内容，竟然是自己采写的内容，原标题是《女子隆胸被填入奥美定胸部如馒头》，竟然被改成了博人眼球的标题，庄庄也变成了郭起的粉丝，顺利地把焦点从秀泉医院移向了郭起。

李东晓往下翻，发现自己在医院门口拍的广告牌，也被截图进帖子里，采写的内容被断章取义，加工了一番还煞有介事的尊重了原作者，写明了"转载自《南方晨报》记者李东晓"。

拉到最后，一张照片让他毛骨悚然。

一群粉丝拿着"秀泉"的灯牌，围着郭起在拍照，而李东晓就拿着手机给他们拍照。这张照片是在李东晓身后拍的。

李东晓再往下一拉，阅读量已经 10 万 +，评论里一边倒地咒骂郭起赚了黑心钱。

第四章 在肉体和灵魂上都爱你，为什么还不叫爱情？

窗外大风吹起了厚实的帘子，北京的夜晚骤然降温，路上冷冷清清。在一个暧昧的冬夜，连动物都互相取暖，全世界都在恋爱，而你，依旧是孤单的一个人，寒夜里迎风落泪。

1

"沫沫，你的维他柠檬茶，你先喝点饮料，忙了一天了。"

郭起回到后台，给张小沫递了一盒柠檬茶。郭起会记得张小沫的每一个生活习惯，不动声色地去做。

郭起和张小沫一样爱吃火锅，张小沫爱吃鸡皮猪皮，郭起爱吃鸡肉猪肉，两人的感觉就像胃口一样，大方向上一致，小问题上互补。张小沫觉得，没有任何一个男人比郭起更加适合自己。

只不过，除了她，很多女人都会这么认为吧，包括郭起的那些粉丝。每每想到这点，张小沫又陷入了恐慌当中。

往前一步是鲁莽，退后一步是不甘。

她纠结地站在中间不敢动，腿都麻了还不心淡。

现在的李东晓，感动不了张小沫，而郭起一个小小的举动，总能触摸到她的内心。和李东晓在一起的第九年，张小沫犹犹豫豫地亲手杀死了这段感情，却万万没想到在郭起的演唱会时遇见。

落地深圳时，张小沫眼皮就一直在跳，越是担心就越是发生了。这是吸引力法则吗？真是造化弄人。

"怎么了？"郭起发现了张小沫的不对劲。

"没，没……什么事，只是回到深圳，触景生情，在这里念了四年大学。"

张小沫转移了话题，和李东晓提出分手后，她一直没有联系过他。

爱自己的和自己爱的，后者更能让她有幸福感，她承认自己是自私的。李东晓是一个好伴侣，最美好的九年青春，李东晓从小男生变成了老男生，而张小沫觉得自己没有变成老女孩，而是从小女生变成了女人，她想要的是如郭起一般的男人，浪子的洒脱。

独立而迷人。

老男孩始终是男孩，年纪大了而已，不是男人，有质的不同。

"我是一个浪子，我不在乎。"

这是郭起常挂在嘴边的话。

认识郭起是在一次采访，郭起说："你是我见过最可爱的女记者。"张小沫说："谢谢。"两人刚开始只是在朋友圈互动，后来，张小沫就习惯等郭起说晚安才睡觉，采访时遇到有趣的事情，会第一时间发微信和郭起分享。每次等到郭起的回复，即便是简单的几个字，都会斟酌很久，捧着手机高兴个大半天。

张小沫觉得，这才是久违的爱情的味道，四周弥漫着郭起身上的防晒霜的清香。

他们最亲密的一次接触，就是和李东晓说分手的那个晚上。张小沫和郭起光着身子正躺在酒店的床上，在不开灯的房间里，月光洒在床上，只能看到对方的轮廓。

"我们算是男女朋友了吗？"张小沫问。

"不是。"

良久，郭起坐了起来，抓起一件 T 恤，套在身上。

"那你喜欢我什么？"

张小沫把手臂枕在后脑勺下。

"漂亮。"

"所以说，你只想要一夜情吗？"

"嗯。"

郭起没有掩饰，面对躺在身边的张小沫，只要他愿意哄哄，或许张小沫就答应了他上床的要求，但是他没有，穿好衣服站了起来。

这时的郭起，潇洒而坚定，这才是她想要得到的男人。张小沫穿好衣服，失落地从酒店走出来，便遇见了莽撞的陆凯和醉得不省人事的李东晓。

是该到做决定的时候了，张小沫彻夜难眠。她心里想的是，如果没有清空自己，如何有资格去爱郭起。

第二天早上，她给李东晓发了一条信息："我们分手吧。"

李东晓问："为什么？"

张小沫已经不是小女孩，她不需要哄，你爱我，并不是我爱你的理由。她需要的是从未体会过的，去追求自己爱的感觉。她已经不是那个爱听情话的小女生，她情愿等一个可能等不来的回应。

张小沫很清楚自己想要什么，容易得到的也容易失去，而郭起，不容易得到。在郭起进入大众视野的时候，她选择了帮助郭起制造话题，让郭起的热度长时间盘踞在各大门户网站的娱乐首页。

郭起对张小沫也日渐依赖，习惯在有演出时带上张小沫。张小沫把自己对郭起的爱，都体现在帮郭起打理宣传项目上。所有成功的艺人，团队里一定要有一个真爱，这样才会用自己的爱来打动观众打动粉丝，用真爱的角度去看自己的偶像。

一个喜欢自己肉体的男人，是不是只要觉得你也很好，就会选择和你在一起呢？这个答案放在郭起身上，是否定的。

做爱是物理反应，恋爱是化学反应。

可是用尽了催化剂，还是没发生化学反应，甚至连物理反应都没有。

"不会爱上睡过的女人，不睡爱过的女人。"郭起把肉体和精神完全分开，并且不能机械相加。

他会在张小沫最需要帮助的时候挺身而出，会记得张小沫爱喝维他柠檬茶，会记得每次吃火锅都给张小沫点无骨鸭掌，会记得每次张小沫的油碟只需要蒜米不要油，会记得张小沫部门复杂的轮休排班，会记得张小沫哪天来例假……

张小沫不明白，为什么在肉体上喜欢和在灵魂上依赖自己的人，为什么就是没有爱情？她用尽了心思，让郭起依赖自己，但是，在爱情的海洋里，她没有等来郭起这艘轮船。她在郭起面前大哭着说："你毁了我的生活。"

"如果我们在一起共事很快乐，你就留下来，不然我内心会非常过意不去，我不会勉强，并且尊重和支持你的选择。"

郭起冷酷地说，他没有像李东晓一样，把她抱在怀里，而是转身走了。那份冷漠，就像是把张小沫碾碎，低到尘埃里开出了花，但是，郭起依旧闻不到花香。

张小沫的答案，永远是："我选择留下。"

她有过无数次想离开郭起的想法，但是每一次犹犹豫豫的决定，都抵不过郭起的无所谓。第二天，依旧以借工作之名，回到了郭起工作室。工作室一有动静，张小沫就放不下心跟着过来，兼职当郭起的宣传，张小沫一分钱薪水都没有，但是她比自己的本职工作还要上心。

在一段男女关系里，总有人傻傻地以为坚持对对方好，总有一天能感动对方，其实不过是感动自己罢了。

2

张小沫非常清楚郭起的个性，那个她迷恋深爱着的人，永远不知道在抱着哪个女人睡觉。他愿意把身体交给任意一个女人，无论是花钱的，还是不花钱的。

张小沫除外。

她是如此的迷恋他，迷恋他厚实的胸脯，迷恋他无邪的微笑，迷恋他浪子一样的个性，迷恋他音乐上的才华。有时候，张小沫在想，做一个不谈感情的女人多好，起码和郭起有过肉体上的欢愉，在精神和肉体上起码自己沾上一样。

她想成为郭起出演的偶像剧里的女主角，可以撒娇、可以任性，然而她没有办法。她给郭起发的所有暧昧短信，得到的回应永远是冷冷的可或否。张小沫变得非常敏感，单曲循环田馥甄的《你就不要想起我》。每一句歌词都戳中她最脆弱的神经：

"一个远远的微笑，就掀起汹涌波涛。"

"我能有多骄傲，不堪一击好不好，一碰到你我就被撂倒。"

"明明你也很爱我，没理由爱不到结果。只要你敢不懦弱，凭什么我们要错过。"

"……"

郭起会非常谨慎，稍微敏感的话题，都用语音回复，绝不打字。张小沫知道，这是一种防备，防着对方截图。郭起说，他不爱聊微信，打字慢。可是和工作有关的，郭起总是事无巨细的大篇幅陈述，而每次约会，郭起总是半天不回信息。他们从来不敢去吃餐厅，怕被偷拍，只会在凌晨时打个车到望京吃个韩国烤肉。

张小沫不爱吃烤肉，只是为了能和郭起待在一起。两人能在同一个空间里，张小沫都能心满意足地享受每一秒钟的幸福。

真正摧毁了张小沫念想的，是郭起的生日。

"我们认识的第一年，一起过生日好不好？"张小沫问郭起。

"不方便。"郭起淡淡地说。

"为什么？"张小沫几乎是带着哭腔问，她害怕听到拒绝，她没有勇气接受拒绝，哪怕明知道是借口。女人是很好骗的，可是郭起连骗她的心思都没有。

"如果我们一起过生日，我觉得会对不起其他人，比如我家人、我的粉丝、团队的工作人员、朋友。我又不想兴师动众的过生日。"

郭起生日的那天，张小沫把工作排得满满当当，甚至帮同事去跑了一个采访。她多么希望郭起会突然发一个微信来说：沫，我们一起去吃个饭。

从地铁站出来，树干光秃秃笔直地立在两旁。北京的冬天阴晦不明朗，张小沫往手掌里哈了一口气，走进了一家烤串店。"来啰！"店小二用地道的京腔在揽客，店里客人并不多。打开一次性筷子，三根筷子露了出来。

在三叶草里，遇见四叶草，表示遇见了幸运。那多一根筷子，也同样是幸运的象征吗？郭起会不会突然给自己发信息？

在外遛达了一天的张小沫，晚上九点才回到石景山的住处，在楼下时手机没电了。她以憋尿找厕所的速度，摁了电梯，再夺门而出，找到钥匙打开家门，找到充电线插上手机，才打开家里的灯。

她急急忙忙地打开手机，依旧没有信息。她打开微信，却发现郭起的经纪人菜菜子发了朋友圈，郭起正在和一群朋友在一起，小视频里，大家快乐地唱着生日歌，郭起许了愿，吹了蜡烛。

张小沫没忍住，泪水哗啦啦地落了下来。窗外大风吹起了厚实的帘子，北京的夜晚骤然降温，路上冷冷清清。在一个暧昧的冬夜，连动物都互相取暖，全世界都在恋爱，而你，依旧是孤孤单单一个人，寒夜里迎风落泪。

那个夜晚，她等来了一条微信。她希望郭起会和她解释，为什么不和她一起过生日，可是点开微信却发现是陆凯。

陆凯说，李东晓离开北京了。

张小沫没有回复，从冰箱里拿出一瓶百利甜酒，往嘴里灌酒。

原计划，帮郭起做完这次演唱会，张小沫就要刻意保持距离。可是万万没想到，李东晓会突然出现。李东晓报道郭起代言的整形医院，是蓄谋已久的计划还是无心之过？张小沫相信前者。如果说患难见真情，此刻张小沫愿意留下来帮郭起。郭起一定是在考验自己，一定是，郭起内心一定很脆弱害怕背叛，我张小沫一定会在关键时刻挺身而出，是守候他生命直到最后的女人！

可是同样有很多人会这样愿意善待郭起，不是吗？

爱上一个有魅力的人，连真心都不算优势。

郭起没有因为张小沫的紧张而感激，只是很冷静地对抓狂的张小沫说："如果我真的是有错，我愿意承担这个责任。"

张小沫发了疯似的四处找这个针对郭起的公号博主，这个"佳佳有本难念的经"公众号，博主正是夏语晴的搭档梁佳佳。

苦心经营郭起的形象，像是张小沫倾注了所有心血的孩子，像是被李东晓狠狠地甩了一巴掌，而自己最想做的，便是歇斯底里地扇死李东晓。

3

"李东晓，你们这些乡下来的年轻人，老是觉得深圳房价贵。我以前一个老同事，上海人，十年前人家一来深圳看房价这么便宜，就买了两套，现在都涨疯了。大城市来的就是不一样，像你们，老是拿深圳的房价和老家比，这能比吗？所以说，见识决定命运，眼界代表高度。"

老孙一大早来到办公室，不是急着派选题，倒是喜欢先聊天，教育一下这群愣头青。见李东晓窘迫地站在一旁，他拿起报纸给李东晓一个台阶下：

"昨天的稿子写得不错，我比较了其他报纸写的大盆菜宴，你写得最好。对了，昨天不是安排小博去了吗？他是不是又当交际花去了，天天有饭局？"

李东晓赶紧解释道："不不不，因为我就是求奇村的，所以我主动申请去采访。"

"你是村里的？"老孙站起来，盯着李东晓看。小博在一旁挤眉弄眼，想要提醒李东晓，可惜被老孙虎背熊腰给挡住了。

"嗯。"

"你是在求奇村租房子？"老孙"囒"地站起来，狡黠的眼神里，马上像换了一块昂贵的美瞳，泛着光亮。

"村民。"李东晓看到了小博紧张的样子，可是说出去的话收不回来了。他并没有觉得求奇村有什么了不起，想想那些穿着拖鞋睡衣上街的男人女人，就觉得丑陋不堪。

"很好。"老孙发现自己刚才表现得太明显了，假装平静幽幽地说一句。

新闻路上乌云密布，刚好遇上饭点，新闻路上的所有餐厅都在排长队。李东晓拨打陆凯的电话："你在哪里？过来陪我吃饭吧。"

"我已经吃过了，你待会儿来中心城找我，我请你喝奶盖茶，我正好要找你聊个事儿。"

李东晓挂了电话，站在小牛杂的门口等位。

"你是一个人吗？"店员问。

"是的。"李东晓回答。

"那只能拼桌了。"店员没等李东晓回应，就领着李东晓往里面走。小牛杂的服务态度是新闻路上最差的，但是牛杂好吃老板都开上法拉利了，没办法。

李东晓被带到了一个四人桌上，已经有一对男女在用白开水洗碗筷了。从北京回来的李东晓，没有这个习惯，打开一次性碗筷就等着上菜。

"其实我是一个单纯的女孩。"女孩和坐在对面的大叔说着，发出铜铃般的笑声。

李东晓没有好感地看了她一眼，女孩脸上的粉底，厚到就差没刷油漆了，会磕死人的锥子脸，下巴硬邦邦泛着紫青的光。通常开口闭口说什么"我其实是一个什么样的人"的人都不是一个什么样的人。李东晓深以为然。

女孩涮完碗筷之后，伸手放在眼皮上。李东晓正在纳闷这是变什么魔术呢，突然间，女孩双手一扯，眼睫毛拽在了手上。

李东晓眼珠子"咚"的一声，睁得大大的。女孩把眼睫毛扔进了洗碗筷的水盅里，托着下巴和大叔说："我一点心机都没有，我妈妈老是说我太单纯了，在外面一定会被骗的。要玩心机，我一定玩不过别人，不过我就想好好地做节目，保住收视率，其他我都没有想过，谁合适就谁上，只要能让节目更好，所有的付出我都愿意。我还有自己的自媒体，我真的不怕没有退路，其实我真的是一个单纯的女孩儿。"

女孩故意加了一个突兀的儿化音，紧接着又是发出铜铃般的笑声。李东晓接过服务员捧过来的一碗牛杂粉，低头吃完就起身离开。

远远还能听见女孩复读机似的重复着："其实我是一个单纯的女孩，儿。"

小牛杂外，李东晓刚走出来，大雨就毫无征兆地倾盆而下，像是被气急败坏的张小沫拿一盆水扣在自己身上一样。真是见鬼了，李东晓全身湿透，新闻路上的结伴散步上班族四处散开躲在了屋檐下。

这个时候，夏语晴来了电话。李东晓纳闷着，有什么事不能微信说。

"东晓，你能帮我送一把雨伞来吗……"

还没等夏语晴解释，李东晓就打断了："行。"

雨滴落在新闻路的沥青路面上，空空荡荡的肆意拍打。刚刚还热闹的新闻路，瞬间安静了下来。小牛杂的广告牌，在风雨中摇摇欲坠。

时光是旧的，在一场大雨中散场。就像那些美好，被时光带走，留下一地鸡毛。而李东晓，还得回去换衣服。

4

夏语晴的手机被自己摔坏了，换了一台备用机，翻着通讯录，看到李东晓的号码就试试运气。李东晓撑着伞冲进香蜜湖美食街，接上她一直走到能打车的红荔路。她不是一个矫情的人，但是今天真的是重要的日子，迎接她的是一场决定她能否留在《滚蛋时尚》的考验。夏语晴湿漉漉地赶到中心城时，用来录制新版样片的场地里围满了工作人员和观众。梁佳佳的烈焰红唇，露香肩的连衣裙裙摆搭在地板上，显得很是隆重。

《滚蛋时尚》的收视率连续三个月走低，播出时间被压缩至每天十分钟，取消了外景拍摄，全部起用棚内录制，也就意味着，两班倒的主持人，只需要一个，人选自然是在夏语晴和梁佳佳之间抉择。为了公平起见，金总监提出将录制现场的母带交给台里决定。

考验两位主持人功力的方式很简单，就是现场给观众搭配衣服。两人平日里就不合，两女主持争奇斗艳也是绝妙的视觉盛宴。论时尚搭配，夏语晴是完胜的，因为自己就是一个爱在"买买买"当中精打细算的时尚达人。这样的实战经验，毫不费力就能打趴"花瓶"梁佳佳。

嗯，还是满地找牙那种。

可是今天，夏语晴有点狼狈，站在梁佳佳面前，就像是一个来陪衬梁佳佳有多美的捧哏配角。还没有来得及整理妆容，节目录制就开始了，夏语晴气喘吁吁的还没缓过神来，全程放空。主持到一半的时候，梁佳佳突然拿出一张纸，对着镜头说："今天的观众有福利了，下面呢，我们准备秀一下主持人的功力，这样吧，语晴妹妹，我们今天来一段绕口令，而且和衣服有关哦！这样，我们看一眼这张稿子，看谁能流利地把这段绕口令说出来。"

夏语晴眼看是被摆了一道，只能将计就计，赶紧调整状态，起码不能在气场上输给梁佳佳。她一边摆着 Pose，一边和观众抛媚眼，转身大方地鼓掌，用手势做"有请"状。

"语晴是不会扫兴的对吧，虽然语晴不是科班出身，念的是和主持毫无关系的专业，不过有这份热情很令人感动，来吧，现场观众朋友们计时。开始啦：

一块土粗布，

一条粗布裤，

哥哥屋里补布裤，

飞针走线自己做。

粗布裤上补粗布，

土粗布补粗布裤，

哥哥穿上粗布裤，

艰苦朴素牢记住。

⋯⋯

就算是播音专业的毕业生，也都需要操练不短的时间才能像梁佳佳一样巧舌如簧零差错不卡壳。夏语晴从未接受过专业训练，当年以泰州市文科状元的身份考入香港大学念的市场营销，完全是用营销的脑子在主持节目。全场寂静，都在等待夏语晴的表现。夏语晴只想飙脏话：都是什么鬼。然而，在摄像机面前，只能抿抿嘴收敛了。

两个女主播街头拼才艺，不要太有话题。而对夏语晴来说，鸡蛋碰石头，刀俎上的鱼肉，非被千刀万剐任人宰割不可。

"有请夏语晴。"梁佳佳得意洋洋地说，此刻，她满面春风地等着收割自己聪明才智换来的丰硕果实。

"我可是靠美貌搏出位的，谁要念什么绕口令！"接着夏语晴甩开了那张纸，娇嗔地耸一下双肩，做出一个飞吻的动作。她还没有想好，如果梁佳佳要霸王硬上弓，自己该怎么应对。

"你都练习过了，还要和人家PK，这样会不会心机太重。"围观的观众中，一个声音响了起来，李东晓上前拿起梁佳佳手中的稿子，转身和大家说，"你看，这还是手写的呢，你自己手抄的稿子，你不背得滚瓜烂熟，你会来找人家PK吗？"

围观的观众顿时被李东晓所点醒，指责梁佳佳："不公平！也太心机了吧？"

梁佳佳一脸尴尬，耷拉着刚粘上去半截的假睫毛。

李东晓转身和梁佳佳说："你就是梁佳佳吧，我是李东晓。"

梁佳佳抬起头，可怜巴巴地抿了一下嘴。

金总监走到他们中间，说："好了，考核到此结束了。"

围观的观众散去，工作人员在忙着收三脚架、灯架，刚刚腾出来的空间一片忙碌起来。

"谢谢金总，我觉得今天大家都没有发挥好，夏语晴这么匆忙，都没有好好地准备比赛，我觉得对她不公平，咱们应该再找一个合适的场合再试试镜。"梁佳佳拉着金总监的手说。

"再说吧。"金总监转身走了。

李东晓认出了这个金总，就是在小牛杂坐在自己旁边吃牛杂面的大叔。夏语晴换了一身衣服后，才从试衣间出来。

夏语晴对着落地镜子，整理了一下衣服，瞥见双手插在口袋里的李东晓。他就像是一个驰援的天使，不光是送了伞，还在关键时刻解围，不然在人多势众的商场里，夏语晴别说赢得比赛，连找个地缝钻进去的资格都没有。

"谢谢你刚才的解围，这小婊砸，还真的有心机，老子差点就被她弄得下不了台。"

"应该的，我最讨厌的就是这种装纯的心机女，对了，她还断章取义，用了我的报道，来攻击郭起，我现在是跳进黄河也洗不清。"换作平时，李东晓也没这种挺身而出的正义感，可是梁佳佳的行为让他从头发到脚趾都看不顺眼。

"我正准备找你说这个事儿呢，郭起也来找我打听这个事儿了。"夏语晴用塑料袋把淋湿的衣服装了起来。

"那一起找地方喝茶吧，陆凯还在奶茶店等我，一起吧。"李东晓用大拇指指着奶茶店的方向。

"好！我收拾一下过去找你们，看在你帮我解围的份上，陆凯嘴贱的时候，我也不会毒死他。"

5

陆凯远远看见李东晓走过来，故意戴上墨镜，用手托着下巴，若有所思地看着远处。

"快，帮我拍出吴亦凡的效果。"

"啥事呀？"如果不是刚好要给夏语晴送雨伞，李东晓就不出来了。不过，跑一趟把两件事做了，对于在时间上精打细算的李东晓来说，倒是挺值，没有浪费这个下午。

"我找到一个赚快钱的方法了。"陆凯摘下墨镜。

每次见面的开场白，永远是："我找到一个赚钱的方法了。"下次见面不要问赚到钱没有，因为马上又有一个新的方法，只是钱一直没赚而已。好在房子一直在升值，"滚床单研究所"越滚越带劲，就差没滚上市了。

"这次绝对靠谱，简单来说，就是利用利息差，躺着赚钱，首先你得有五十万，然后交给我表弟，他做一个大盘子出售金融产品，三天就能赚一千五……"陆凯点了一杯金色山脉，坐到户外，口沫横飞地说。

"没钱。"李东晓接过奶盖乌龙，用吸管戳着冰块，百无聊赖地打断他的话。

"没钱可以贷款啊，刨除你的贷款利息，倒腾一次你还能赚一千五，赚钱比放高利贷还容易。"陆凯眼里闪烁着憧憬美好的光，如果不是李东晓太熟悉陆凯，或许……呃，其实应该也不会心动。

"你就是生活的前戏里假高潮的戏子。"

李东晓调侃道，漫不经心地用吸管去戳冰块，发出"咯咯咯"的声音。

"我说深圳真的是一个奇妙的城市，什么样的白日梦都有人做，每一个人都可以坐在最繁华的地方，点一杯廉价的奶茶，就可以高谈阔论着赚几千万的生意。"一道声音从天而降，由远而近地划过来。

李东晓顺着声音的方向看过去，夏语晴头发已经吹干了，站在旁边傲慢地嘲讽着，翻了一个白眼，坐了下来。

"出门遇白眼，诸事不宜。白眼妹，听说你可是主播呀，李东晓还以为你是被甩的小三呢，不过……主播也可以当小三，究竟你是不是小三？"陆凯头可杀，头发可乱，损人可不能输。

"别闹了，夏语晴的前男友，就是杜尹浩。"李东晓小声打断陆凯。

"李东晓，你可以大声告诉他，有什么所谓，你让他转告杜尹浩去，哪儿来回哪儿去。"夏语晴跷起了二郎腿，对着李东晓说给陆凯听。

陆凯瞪着夏语晴，手指放在已经变成 O 形的嘴唇上，五秒没讲话。

"可怜的孩子，厚实的肩膀，随便你哭。"陆凯拍拍自己的肩膀。

李东晓无视陆凯用心演绎的戏，关心起惊魂未定的夏语晴："那不能留下来的女主播要去哪儿？总不能下岗吧？"

"另外一个主播要去负责一档节目——广场舞挑战赛。"夏语晴无奈地叹了一口气，"让我跟着大妈去跳广场舞，真的不如让我去死。"

"啊哈哈哈哈。"在一旁玩手机的陆凯大笑了一声，又惹来了夏语晴的一个白眼。

"我懂的，翻白眼是一种生活态度，还是向上的。"陆凯伸出手指头指着夏语晴，补充了一句。

"广场舞？那这个节目会有收视率吗？广场舞可以跳，但是让大妈们坐在电视机面前看别人跳，那是两码事。"李东晓没想到，仙气重的文艺频道居然开始走这种低端路线了。

"广告商都抢疯了，冠名、植入、特约播出全部搞定了，你想想，那些大米呀、食用油呀、电饭煲呀、抽油烟机呀，目标客户就是这些大妈们。退一万步来说，就算收视不好，创收也不用愁了，现在地面频道能做一个赚钱的节目，多不容易呀，这才是我们领导最在乎的。"夏语晴说道。

"也是，我们报纸都快发不出工资了，上海都倒闭了一家报社了。"李东晓想起离开北报社前的那一笔工资，心有余悸。

"现在留在传统媒体的人，大多数是因为不愿意改变，享受着媒体人的自设光环，简单来说，就是虚荣。"陆凯插话。

"滚。"夏语晴和李东晓异口同声地对着陆凯说。

6

北京，天禧文化的会议室。

大家七嘴八舌地商量如何收尾，微博上没有一刻停下对郭起的指责。"郭起代言黑心整形医院"的话题在微博上已经过十亿，郭起打开了微博通知功能，手机上哗啦啦的手机横幅一条接着一条往下窜。

"首先，我觉得，郭起签的代言是2011年，合同只签一年，当事人是在2012年做的隆胸手术，也就是说，她并没有受到郭起代言的影响，所谓的郭起粉丝冲着郭起去整形这个说法就不对。第二，代言到期后，是医院没有撤下代言的广告，医院也有过错，导致郭起的名誉受到了损害。"一个波波头黑框眼镜的女人是郭起的经纪人，叫菜菜子。她站了起来，和大家分析，"所以我们应该发两个律师函，把《南方晨报》和'佳佳有本难念的经'这个公众号列入共同被告，另外一封律师函，发给秀泉医院，在代言合同到期后依然挂着郭起的代言广告。"

吵了一个早上，终于有了一个结论。郭起推开会议室的玻璃门，把一杯挂耳咖啡放在桌子上，用保温杯里的热水冲泡。平常点子最多的张小沫没吭声，大家都在等郭起发话。

郭起冲完咖啡，把挂耳咖啡袋从白色的瓷杯上取了下来，扔进了垃圾桶。小小的抿了一口咖啡，放下杯子，才把身体往前一靠。

"我就想确认一件事，在整个事件当中，我们有没有一点过错。"郭起咬了一下嘴唇，正要往下说。菜菜子站起来说："我们肯定没有错。"

"等一下。"郭起打断了她，菜菜子不满地坐了下去。

"我们现在是处于非常被动的位置，早上大家也聊了很多应对的方法。确实，刚才这两点，我是认同的，但是认同并不代表我们要这么做，如果我们发律师函，你觉得舆论的风向会转向我们吗？我肯定地告诉你，不会！网友只会骂郭起不要脸，知错还不改，你们看一下微博上的评论，他们根本不会在意我什么时候签的代言，当事人是不是我的粉丝。"

"那我们怎么办？"菜菜子回了一句。

"凉拌！"郭起没有在开玩笑，"等这件事情凉了再办，网友吵不过一周，就会把所有的事情都忘得一干二净。"

"我是咽不下这口气，凭什么我们就是牺牲品了，难道《南方晨报》和那个公众号就不应该承担应有的责任吗？"

菜菜子不服气讨论了一个早上的解决方案，就这么被否定了。在郭起刚签约天禧文化的时候，菜菜子完全没有把他放在心里，电话不接信息不回，靠郭起自己去接商演维持生计，包括接了秀泉医院的广告代言。郭起的成名曲，是电视剧《十字路口》的主题曲，菜菜子用一千块把郭起打发走了。没想到这首歌争气，一下子把郭起拉到了热门歌手的位置，之前的原创也跟着沾光，被歌迷翻出来回锅。郭起成为天禧文化的"一哥"后，最想做的第一件事就是换经纪人，可是菜菜子立刻变脸，处处伺候好郭起，事无巨细。郭起便把她留在了身边。

在娱乐圈，活好比人好，更管用。

和自己喜欢的人相爱，和喜欢自己的人共事。

郭起并不是没有报复心，他只是比谁都更看得透。

会议室里，暖气开得有点大。张小沫憋得满脸通红，她站起来，推开玻璃门离开了会议室。她用尽了一切的方法给郭起加分，打造了一个好的形象，却抵不过李东晓这一次致命的报复。而郭起，依旧是没有责怪任何人。让人心痛。

从会议室往外走，是一个阳台，摆放着咖啡厅的桌椅。张小沫抓了一下头发，鼓了一下口腔里的热气，长长地吐了出来。

北京的阴霾天气，把人憋得慌。

郭起跟着走出来，坐在张小沫旁边。点着一支烟，没有说话。

"抱歉，里面太热了。"张小沫掰着手指头。

"是呀，暖气开得太大了。"郭起嘴里吐出来的烟圈，像泡沫一样慢慢腾空。

又是沉默良久。

郭起把烟头掐了，把二郎腿放了下来，大长腿就像是做伸展运动的蚯蚓，舒展了开来。他端起桌上的一杯柠檬水，往里面走。

办公室里，又开始炸开了锅。在短短的半个小时内，微博上又有了新的一轮热门话题——郭起睡粉丝。

郭起是一个很谨慎的人，虽然性生活混乱，但是都会确保对方是一个嘴严的人。在郭起的世界里，免费的东西才是最贵的，能花钱一拍两散，各自欢喜的事，郭起从来不抠门。睡过的女人出来闹事，可能性不大。这点郭起还是很有把握的。

经纪人把微博内容投影到大屏幕上，团队里的同事没有议论。

郭起推门进来的时候，没有看大屏幕，径直走到座位上坐了下来。

"如果说郭起伤害到谁，咱们就事论事就可以了，这些网友也是，空穴来风，捏造这些绯闻，用所谓的隐私来博取眼球，这些营销公众号真的是该管管了。"

经纪人菜菜子看郭起没说话，带头抱怨了一句。其他同事也开始跟着起哄。

"这个一定要起诉，我们肯定能赢，因为这些公众号没有证据。"

"告，必须告。"

"明星告公众号，是具有划时代意义的一件事，甚至可以推动相关的立法。"

……

第五章　最好使的人情，也是最难还的

没有人真的会因为谁而活不下去，我们以为自己很痴情，其实不过是在偷懒，情愿困在原地大哭，不愿站起来，即便带着眼泪，也能看到斑斓的万花筒。

1

和北方光秃秃的树干相比，南方永远都是绿油油一片希望的田野。深南大道中间的隔离绿化带，变脸似的撕掉又换新，每个月换一个主题颜色，保证看不厌。在报社的南面，能看到深南大道绿化带像高速公路的自动刷页广告牌一样，定期翻转，自觉而有序。

这座城市每天都在变，每天诞生很多亿万富翁，倒闭上千家公司，有人走，有人留。在写字楼里开着奥迪上班的白领，可能比不上车公庙地铁站里 2 平方小摊的章鱼小丸子摊主。每个匆匆而过没有交集的肩膀，都扛着很多故事，他们为什么会来到这里，吃过什么样的苦，过着什么样的生活。一夜暴富的惊喜，抑或是平淡过日子的哲学，在这里都有立身的空间。每天都是写不完的故事，抑或离奇，抑或狗血，抑或平淡，抑或无趣。

深圳有很多城，中心城、海岸城、喜荟城、万象城……每个人都被"城"困住了生活圈子，吃喝拉撒都在距离自己最近的"城"解决。这个城市是开放的，生活是封闭的。而作为记者，李东晓游走在这个城市的横截面，像高楼外墙的清洁工一样，窥视着每一层的动静。

早上，老孙一边嗑着瓜子一边给大家派题。老孙爱嗑瓜子，已经到了瓜子不离手的状态。上班第一天，李东晓在厕所碰见老孙时，他一边嘘嘘一边嗑着瓜子。就撒泡尿那会儿工夫，就嗑了五颗，李东晓也是一个无聊透顶的人，一颗一颗地跟着数。

"情感故事最深得读者的喜欢，各大网站转载我们的稿子，基本上都是找狗血的、离奇的，这就是新闻点，新媒体比我们的嗅觉更强。"老孙嗑着瓜子，翻着爆料平台和大家说。

"你看这个，女子让男朋友去自己前男友家里取衣服，结果前男友把现男友给捅死了。小张，你去这个。"

"好咧。"

"这个，小博，你去，福永一个村里，嫌邻居看电视开的声音太大，男子拿着刀冲到隔壁刺伤了对方。"老孙喝了一口冻可乐，急着嗑瓜子。

老孙的大门牙，中间都嗑出的一个口子越来越明显，他把瓜子往里面一塞，像是吃大闸蟹用的钳子一样，"咔"，瓜子壳全身而退。瓜子肉末粘在牙齿上，泛着恶心的光。

"郭起的女朋友是深大当年的校花，两人北京逛街被粉丝拍到。"小博突然把手机里的八卦新闻念了出来。

"你不是在找爆料么，天天盯着娱乐八卦，你怎么不去娱乐版！"老孙把瓜子壳往桌面上一甩，不满地和小博说。

小博关掉今日头条 App，赶紧圆场："其实，这就是社会新闻，怎么说呢，你看深大校花一直都是深受关注的，好几个深大校花在娱乐圈非常火，深大为什么盛产美女，街拍美女如云的深大，本身很有话题。"

老孙瞪了一眼正在诡辩的小博。

作为经验老到的记者，小博自己撕开的口子再苦也舔干净，将计就计赶紧蹭了过来，说："孙主任，您不是说新媒体的嗅觉比我们高吗？你看，只要说到校花话题的，点击量都非常高，这就是需求，咱们传统媒体在这方面就得跟上去，把它做成了社会新闻。为何深大盛产美女，比如说从移民城市这个角度着手，很多北方的美女基因到了南方，扎实的底子吸收了深圳这个城市的洋气，形象气质兼备。刚好，深大的新生刚刚军训结束不久，带上摄影师拍摄深大新面孔，体验一种城市的清新气息，新力量的融入。"

老孙点点头，这选题还真的过了？李东晓不得不佩服小博的报题功力。不过，还没等小博说话，老孙就来个急转弯：

"好的，那让李东晓去吧。"

他常把记者报的题给另外一个记者，表面上是其他人更适合，实际上就是看小博不爽。

"孙主任，要不我还是和小博哥换个题吧，他比较时尚，解读起来也到位。"采访和张小沫有关的，李东晓说什么都不愿意写。

"不，就你去，小博去不知道会写出什么糊里花哨的东西，我要的就是那种土不拉几的角度去写，老百姓的角度去看，这才有贴近性。"老孙还是坚持没让小博去。在别的部门，老记者最难管，只敢拿新人开刀。但是在老孙的手下，对老油条几乎等于死路一条。他们那点心思，都是老孙玩剩的。

小博撅着屁股回到了座位上，右脚一收左脚一伸，在原地画个半圆，翘上了二郎腿。

"我就说，新闻里女主角要找点噱头，只要长得不太差，都叫校花班花什么。之前不是有一个校花卖身救父的新闻吗？那女生长成什么样也敢自己叫校花，不过，正是因为她挂了校花的名号，关注度就是不一样。"

小博自言自语道。

"孙主任，我不想写这个。"李东晓看了一眼小博，低声和老孙说。

"为什么？"如果今天不给老孙一个合理的答案，这事儿铁定跑不了。

"……"李东晓愣了一下，还是说了，"因为郭起女朋友，是我前女友。"

老孙瓜子嗑了一半，愣住半天没说话。李东晓心想，自己都被逼到这个份上了，总得放过一马了吧。

老孙表情怪异地扭曲起来，慢慢挤出来的居然是笑容。

"李东晓，恭喜呀！"老孙突然过来握着李东晓的手，"你女朋友居然攀上大明星，这是好事啊，说明你有眼光。"

"是前女友。"

恭喜？李东晓真的恨不得用夏语晴的白眼回敬老孙，这也能恭喜，究竟是哪根神经搭错线了！

小博正在全神贯注地欣赏自己的美貌，并且以炸碉堡的姿势在举起手机 60 度角拍下自己的尖下巴。

"能耐啊，不愧是求奇村少爷，看不出来！真的看不出来！"老孙没有放过李东晓的手，用一只手拍着李东晓的手背。

"孙主任，抱歉，我真的不想去这个选题，我还是去关外采访那个捅伤邻居的吧。"李东晓没好气地说。

"不，你今天不用去采访，我有更重要的任务给你。"老孙坐了下来，一边翻着电脑里的 OA 通知，一边喊着小博，"小博，两个选题你随意挑，或者你两个都采，东晓有别的事情要忙。"

等小博以女明星走红毯的架势，带着灰头土脸跟在后面提包的实习生出门后，老孙才凑过来说，"真的是太巧了。昨天，集团发了 OA 通知，希望各个部门可以支持咱们主办的跨年慈善盛典，你就代表咱们部门负责这个事，你不是采访过很多求助类的新闻吗？你最合适做和慈善相关的事情了。"

"孙主任，我能做什么？"李东晓还是不明白老孙马上要抖什么包袱。

老孙双目放光，连瓜子也放下来了，和李东晓说："你去邀请郭起参加我们慈善跨年盛典，我们没钱，就资源置换，我们给他一个头版作为回报。"

"……"李东晓确定自己没有听错，"我去邀请郭起？"

"当然是你邀请啊，你前女友不是和他谈恋爱吗？你让你前女友去说一句话总不难吧。你要知道，我们社会新闻部在跨年盛典上本来能发力的地方就不多，你还不好好利用这个机会表现一下？你到报社来了之后，什么贡献都没有，你不着急吗？"

"我真的喊不动郭起，我和前女友因为那篇报道，现在都没有说话，不太好吧。"李东晓没想到老孙是认真的。

"说到那个报道，你知道吗？多少郭起的粉丝给记协写投诉信投诉你，我还是傻不拉几的站在记协门口等人家领导开完会才答应见我，我费老大劲儿和人家解释，才答应不再追究这件事，不然你工作都难保。"老孙又拿那篇报道说事儿。

看来，这个人情是要欠下来了。

"可是，这件事真的和我没有关系，我报道的内容也经得起推敲。"李东晓争辩道，这段时间已经无数人问过自己这个问题，各种质疑也是层出不穷，就是没有人认真地听李东晓解释。一旦被摆上台面，对错就是跟风，解释也挡不住跟风的洪流一泻千里。

"真的，李东晓，我之所以能忍受你说这番话，是因为我觉得你傻，你单纯，你是求奇村村长的儿子，不缺钱，不图啥，没心机，但是你也太不上道了，你不懂这些人情世故。你以为你对了，就理所当然了吗？因为你的理所当然，我就要卑躬屈膝地去帮你求情了吗？"

"随便吧。"李东晓叹了一口气。

"什么叫随便？我真的不知道怎么瞎了眼睛把你招进晨报，写稿子谁不会，你以为写好稿子就能当好记者吗？当记者最重要的就是资源，资源你懂吗？你马上给你前女友打一个电话，把郭起喊来慈善跨年，你就说是替他宣传正面的形象，他最近形象这么差，咱们晨报愿意请他，他就偷着乐吧，多少艺人想做慈善都找不到权威的渠道，你说郭起他有啥好挑的。"

老孙说着就变脸了，李东晓只好拿着报题单回到了卡座上。自己和郭起相比，别说比较，沾边就是沾光。可就算再沾光，抢走的毕竟是自己心爱的东西，李东晓能开心得起来吗？

2

新闻路上，华灯初上，在迷蒙的雨幕下，像是被加了一道柔和的滤镜。人来人往的，脚步匆匆，没有人驻足，更没有人能分担自己的烦恼。郭起的微博上，晒着自己家里的边牧，发出来十分钟评论就过万了。这样的大号，就算自己留言，也会迅速被评论淹没。他一定不知道，此刻有人为了邀请他参加活动绞尽脑汁、纠结万分。

如果绕开张小沫，能不能请到郭起呢？李东晓甚至情愿自己掏钱请郭起来，也不愿意抹下这个面子和张小沫开口。

不过，在委托石头问完郭起的出场费后，李东晓放弃了。郭起平时商演的价格，出场费是 55 万，就算少一个 0，对李东晓来说也是一笔不小的开支。

"东晓，我觉得如果真的是资源置换的话，没有别的办法了。我和郭起是认识，但是吧，不算关系好，如果他答应我，公司肯定会以为他自己接了私活，不愿意给公司抽成，公司捧一个歌手，全靠商演来赚钱，郭起这样做，公司也不会同意。所以，要么你和领导摊牌，要么你就去找张小沫，没有别的方法。"连仗义的石头也说没办法，那就真的是没办法了。石头属于那种，只要你开口就是看得起他，拿你当兄弟拼了命跑前跑后的人。

不过，找张小沫？没来扇自己两巴掌就不错了。

对于老孙的行事方式，早就在小博的抱怨中有所耳闻。每年晨报从除夕到初八休刊，老孙年年除夕准时出现在晨报大楼值班，拍照片发微博，大谈除夕值班感受和新闻理想，并且用小号转发自己的微博 @ 领导。功夫不负有心人，老孙在年初就成了晨报最年轻的主任，而且还是最重要的部门——社会新闻部。

纠结也是一天，事情还没有任何进展。老孙上蹿下跳的没个停，一副胜券在握的样子。

从家里到新闻路，不过是五分钟，而第二天早上起床，李东晓在洗手间磨蹭了快一个小时才洗完澡出门，感觉走了好久还没走到报社。老孙充满期待地等在办公室，他知道迎接自己的将会是什么。

李东晓连张小沫都还没联络上，老孙就急着把他架上了台面。李东晓觉得自己特别像是一个骗子，老孙得意地举着牌子，拉着他招摇过市，四处吆喝。

老孙在电梯里见到总编办的张总时，点头哈腰地说："领导您放心，我们今年的慈善盛典能请到大牌明星。这是我们部门新来的李东晓，之前在《北报》，非常优秀的记者，在北京资源也非常的多，和郭起很熟呢，他去邀请。"老孙满面春风地给张总打包票，李东晓诚惶诚恐地点头。

"我和郭起，真的是只有一面之缘，还是以歌迷的身份去看的演唱会。"张总下电梯时，李东晓差点就说了出来，但是他没有，他知道这一切都只会给自己惹来更大的麻烦。

据小博说，往年晨报的慈善盛典，很难请到明星，因为大牌小牌明星都去参加各大电视台的跨年，商演给出的价格更是高到离谱。晨报几度想换时间，但因为这是晨报的品牌活动，市里不同意改时间。

这样的压力，每年都让文体中心娱乐版的记者集体阵痛，苦不堪言。自从某一年请到了一位天王，档次一上来就下不去。市里领导总觉得，邀请明星来参加公益不过是顺水人情，岂料娱乐记者四处打人情牌去邀请明星，都被一一婉拒。好在，新官上任三把火的老孙，把这事儿都揽在了自己身上，而赌注就是李东晓能请到郭起。

这真的是一场白日梦。

李东晓硬着头皮提前接受领导的嘉许。

"李东晓，你搞定了吗？我知道你一定能想到办法的，《北报》来的优秀记者。"老孙电话一来，就是一顿恭维，"实在不行，你就动用你在北京的一些关系，方法总比困难多。哥不会看错人的。"

"我试试。"

虽然接触只有一个多月，李东晓是知道老孙的缠人劲儿的，没多说就搪塞了过去。在北京认识除了民生记者就是采访对象——容易被骗的社区大妈，唯一接近娱乐圈的，那……也只能是张小沫。

3

马上就要到周末了，夏语晴中午到台里吃完午饭，压根就没心思准备接下来要录的节目。少一事不如多一事的爸妈，非得要来深圳。夏语晴怎么推脱也没用。

"李东晓，你无论如何都要帮我。"

夏语晴情急之下给李东晓发了微信。

得知夏语晴和杜尹浩分手之后，爸妈要来深圳给夏语晴张罗相亲的事情。而且，容不得夏语晴说不，两人就要来深圳。夏语晴只好撒谎说，自己和杜尹浩复合了。

"那也好，我们见见杜尹浩，他们爸妈都见过你了，我们一直不出现，礼数上也说不过去。"两老把机票都订了，周六直接从南京飞深圳。

和两老打完电话，夏语晴就赶紧躲进厕所里和李东晓发微信。没想到，李东晓还是这么干脆，一口就答应了。

"反正我爸妈也没见过杜尹浩，你就当自己是杜尹浩就行了。还有，你把你的一些东西搬到家里来，反正房子也是你的。"对于怎么骗过父母，夏语晴从小就没失手过。小时候下课跑出去玩，为了晚回家不挨抽，夏语晴制造了自行车车祸现场，身上弄得青一块紫一块，父母到现在都不知道事情的真相。

"好吧。"李东晓从来不知道拒绝，更何况是夏语晴的事儿。

"要相亲的那个大叔我是见过的，和我家是世交，去年过年的时候我们还在一起吃饭，不过我和你说，他长得特别像《蜗居》里的宋思明，我和他坐在对面都感觉到他身上散发出老人味儿了。"

夏语晴拿着手机走进厕所里发着语音，梁佳佳从厕所间推开门走了出来。

"唉哟，宝贝，你今天真的好美，你是最棒的。"梁佳佳双手拉着夏语晴的双手，一副亲如闺蜜的样子。不过夏语晴一直不吃这一套，"刚上厕所手脏兮兮的，别摸我，装什么假逼姐妹团了，滚远点。"

梁佳佳在夏语晴面前永远是没有自尊可言，却依旧乐呵呵地在背后想尽各种手段。梁佳佳会在每次录节目时，亲自去买水，并在便利贴上写上每一个人的名字，自己拖着大拖车送给每一个工作人员。如果有嘉宾来到现场，她一定会亲自切好水果，送到化妆间，和嘉宾说："老师，这是我亲手给您挑的水果，您尝尝。"

每天录节目的结尾，梁佳佳都要把每一个工作人员，包括订盒饭的贵叔，都要感谢一遍。尽管每次都会被剪掉，但是梁佳佳乐此不疲地一次又一次地感谢。即便是如此，夏语晴在同事心目中的风评比梁佳佳高出几个段位。

梁佳佳坚持认为自己是对的，中国人太含蓄，喜欢自然。

"语晴妹妹，你是不是遇到什么困难了，我看你着急着找李东晓，要是有什么可以帮上忙的，记得告诉我噢，我一定会全力以赴的。"

就算全世界都看得出来梁佳佳的那点小心思，她依旧活在自己的小世界里。有时候习惯伪装，连自己都相信了，坚信自己伪装出来的真诚能打动别人。

"滚远点，别给我添乱就好。"

"对了，语晴妹妹，李东晓是不是就是张小沫的前男友？郭起公开了恋情后，我看微博上已经有人开扒这件事了，你说我的公众号要不要帮李东晓说两句话，让他接受我采访好了。"

"你脑子是不是有病？李东晓就是张小沫的大学同学，什么乱七八糟的，你爱写郭起你写去，上次粉丝没把你全家户口本骂完你不甘心是吧，李东晓就是一记者，你瞎画什么鸳鸯谱，上次李东晓还没找你算账。"

"语晴妹妹，我也是受害者，你就别埋汰我了。"

"滚。"

"那我真的滚了。"梁佳佳作委屈状，眨着眼睛踩着小碎步羞答答地走了。

夏语晴特别想知道，梁佳佳到底会不会生气，无论怎么骂她，依旧是乐呵呵地配合。也不知道是情商太高还是情商太低，费尽功夫去讨好别人，却永远得不到回报，有时候夏语晴也会觉得梁佳佳是可怜的，但是每次觉得她可怜的时候，她又总会做出一些啼笑皆非的事儿。

有一次，两位女主播参加了时尚潮牌的年度盛典晚宴，梁佳佳四处敬酒，肥头大耳的潮牌老板，搂着自己的小秘笑成了一朵含羞草，就差把广告代言给她的时候，梁佳佳来了一句：周老板，您真的是会选人，挑一个好老婆，这样漂亮的姑娘，可不是一般人能娶到的。

周老板那天就差没把酒杯里的酒都泼到梁佳佳身上，而梁佳佳还一脸得意地先干为敬，把一杯红酒一饮而尽。后来，这个潮牌直接把"特约播出"的广告给撤了。金总监差点冲动地把特区台后面的工地的土都挖出来，塞到梁佳佳嘴里，噎死她！

总之，只要梁佳佳不出现在自己面前，夏语晴就觉得这个世界还不至于甜到忧伤。夏语晴从来不会和梁佳佳多废话，能动手不动口，能翻白眼绝不正眼看她。

夏语晴从厕所里走出来，就开始头痛怎么蒙骗过关。李东晓到家里来住一晚，问题不大。伪造两人一起生活的现场，经过自己布置，也绝不成问题，关键就是自己和父母说过关于杜尹浩的一切，都要先告诉李东晓该怎么说。

4

"你放心好了，我是一个暗访记者，我们什么没扮演过？黄牛、蓝牌车司机、学生家长、当事人的男朋友……而且从来没有露过破绽。"

李东晓在小牛杂要了一碗牛杂面，筷子搁在碗面上，和夏语晴打包票。李东晓在众人面前，一直没有存在感，而这种缺乏存在感的气场，往往能帮助自己在暗访时如鱼得水。

"我还在回忆，我和我爸妈怎么形容过杜尹浩的生活习惯、家庭背景，你可都给我背熟了。"夏语晴还是担心出什么差池，但愿老爸那个劲头没吓着李东晓。

"好的啦，我连台湾腔都学会了，就是所有要卷舌的音，我都抽掉，似不似很像？"李东晓虽说学了一副京腔，但是要学南方人说话，总比学北方人说话容易多了。

"这个倒还好，毕竟我和他们说的是杜尹浩在深圳待了七八年了，口音被同化也说得过去，而且你普通话本来就不标准好吗？学什么卷舌音，一听就是南方人的发音方式。"

夏语晴对李东晓的努力毫不客气，惹得隔壁桌一直盯着他们看。他们一定是认为李东晓是在装台湾人把妹，被聪明的姑娘识破了。

小牛杂狭窄的店面里，热气腾腾的牛杂从锅里被大漏勺捞了出来，老板娘正操着一把大剪刀咔嚓咔嚓地剪着。

"李东晓，你怎么每天都在这儿吃饭，你不腻吗？"夏语晴看着李东晓大快朵颐地蘸着甜辣酱吃牛杂。

"每换一个地方吃饭，都会有风险，比如说不好吃，只能硬着头皮吃下去，我就常常吃一家餐厅吃很多年，你知道我们深大后面有一个桂庙新村吧？可多好吃的了，但是我每次都点乐万家的茄子肉片饭，只要没课待在宿舍里，我就天天叫外卖，每一次都点茄子肉片饭，后来送餐小哥都受不了了，就问我，你都吃几年茄子肉片饭了，你就不能换一个吗？我说，茄子肉片饭很好吃，干吗要换。"李东晓提起大学生活，就会想起张小沫。

张小沫就像是自己的茄子肉片饭，吃了好多年，店员突然说不好意思茄子肉片饭我们不卖了。李东晓不爱改变，只是在随波逐流张扬着个性。

"难怪你和张小沫在一起这么久，其实不见得你有多爱她，甚至很可能你并不了解她，只是你像叫外卖一样，懒得换而已。"

"我不否认，但是我也不能肯定，毕竟我恋爱经验少。"

"你不会就拍过一次拖吧？"

"嗯。"

"你的生活和你的胃口一样，无趣。"夏语晴只点了一瓶玻璃瓶的维他奶，没吃东西。

夏语晴拨弄着头发，看着老板娘剪牛杂，那声音是如此的熟悉。她在新闻路找房子的时候，正是因为楼下的牛杂店，让她觉得特别的熟悉，就搬进了明德国际公寓。搬进来才知道，明德国际公寓简直就是电视台和报社的员工宿舍，上下班坐电梯，都能遇上几个同事。

"我刚从港大毕业的时候，电台 Offer 迟迟不来，就在一家牛杂店打工，因为我特别喜欢那家牛杂店，叫九姨牛杂店。老板就是九姨，她家里九个兄妹，她排老九，所以开了牛杂店就叫九姨，她 18 岁那年就开始推着小推车在中环卖牛杂，有一天晚上梦见了一个秘方，她就开始调试汤底的味道，还真的特别香，于是她就开了一家牛杂店，一做就是几十年。她没文化，但是会说英文，和外国人交流完全没有障碍，她虽然没有念过书，但是领悟能力很强，她常和我说，人生就像是九姨牛杂汤，把前一天的汤头取一点放到第二天的汤里，每一天煮都会比前一天更浓香，每一天你都比昨天更加坚强了。"

李东晓停下筷子听夏语晴说着。

"那下次我去香港，一定要去九姨那儿尝尝传说中的牛杂，我记得很多明星都在那儿吃过。"李东晓看过八卦杂志，张国荣就在那家店被狗仔队拍过照片。

"李东晓，你真的很无趣，我和你说的是一个情怀，不是吃。"夏语晴的白眼又翻了起来。

"不吃一下，怎么能体会到这个情怀呀。"

李东晓咧嘴笑了一下，笑起来脸上肉嘟嘟的，和平常冷酷的样子有点不搭。李东晓依旧是保持着理工男的那种淳朴，和时尚圈娱乐圈的妖艳男人不同，他连眼镜掉漆都没有换掉。

"那你还真的要好好尝尝，那味道，岂能是小牛杂这种地沟油店可以比的，那牛杂，入味、能从肉筋里咬出完全泡在里面的汁液，有嚼劲而且松软。"

夏语晴释然地笑了笑，在李东晓身上，她能看到自己当初的死性不改，总是把习惯当做爱。爱过一个人，以为没有他，再灿烂的日子都会索然无味，待时间耗尽，才发现其实自己并没有那样深情。她突然发现自己释然了，从杜尹浩逃婚的阴影中走了出来。

没有人真的会因为谁而活不下去，只是我们都偷懒，情愿困在原地大哭，不愿站起来，即便带着眼泪，也能看到斑斓的万花筒。

5

绿贝餐厅的包房里，是荷塘月色的主题，淡雅的浅绿色显得高贵洋气。夏爸爸是南京一所艺术院校的声乐教授，昂首挺胸，时刻保持着马上要来一段《歌剧魅影》的架势，夏妈妈是心理学讲师，说话慢条斯理，娓娓道来。

李东晓坐在夏语晴旁边，忙着给大家洗刷消毒碗筷。

"叔叔，我听语晴说，你喜欢抽薄荷烟，我给你带了一条登喜路的爆珠香烟，比黑冰抽起来更顺，你试试喜不喜欢。"

李东晓特意没有用"您"，而是用了平实的"你"。他在桃园机场的免税店买了两条登喜路，一直搁在家里没抽，没想到还能派上用场了。

"浩浩，谢谢你上次让语晴带回来的烟，我抽了，我还是习惯黑冰，味道重一些，年纪大了不喜欢抽太香的烟。"

夏爸爸声音洪亮，吐出来的字都是圆滚滚的，气势磅礴地滚到眼前，温柔地趴下来。这就是和学者交流时的那种如沐春风的感觉吧，像治学严谨对自己要求极高，但是不轻易让同学们挂科的老教授。

夏爸爸还是打开烟盒，抽了起来，眼神里盯着李东晓，看得李东晓头皮发麻，好在多年做暗访记者的底子在，这一刻专业素质都搬上来了。

还没等夏爸爸把烟抽完，老孙电话就来了。李东晓赶紧起身抓起手机，和夏爸夏妈说了声"抱歉"，就走到包房外，拉上房门接电话。

"东晓，你爸爸不是求奇村的总经理吗？是不是和绿贝老板很熟？你和他们说一下，我们部门的年会就去绿贝吃饭，你看能不能这样，我们给他们做一版饮食健康的报道，你让老板给我们把单免了。"

"啊……"李东晓没想到老孙提这样的要求，"我不知道诶，应该不算熟吧，只是新闻路也属于求奇村的地，平常也不会有什么交集。"

"求奇村平常的接待，都在绿贝，你就去和他们说说，不熟的话这次就熟了。你知道我们晨报植入广告有多贵的了，你和他们说，说不定高兴死了。"

李东晓知道，如果是老爸开口，绿贝一定会免单。但是，老爸是一个好面子的人，他和李东晓一样，情愿自己掏钱把单买了，也不愿意开这个口。就算是绿贝乐意，老孙开心，难堪的依旧是老爸，他还是那个低三下四去求的人，双赢未必没有牺牲的第三方。

在这个家里，他最心痛的是老爸。老爸虽说一直喊着李东晓回深圳，其实他骨子里有某种东西和李东晓一样，才如此放任李东晓离开深圳。不让老爸难堪，自己都愿意拿出这笔钱，这笔钱比起郭起的出场费可便宜多了。

夏语晴一家人还在包房里，李东晓就随口答应了老孙，把电话挂了进了包房。

"叔叔阿姨，我们还有一个房间，平常是我当做书房的，你们就睡那个房间就好了，我晚上呢，还得回常平的工厂一趟。"

"好好，浩浩，你有事先去忙，我们在深圳也主要是见见朋友什么的。"

"也没啥事，叔叔阿姨你们玩好就行了。"

这一切顺利得出乎李东晓的意料，叔叔阿姨没有问太多，只是看着李东晓心生欢喜。李东晓没有过多糊里花哨的客套，穿衣服也不太讲究，干干净净的一身打扮，甚至还能闻到洗衣粉的清香味道。

这个孩子在夏爸爸夏妈妈看来就特别实在，甚至不会给大家夹菜，没有竭尽所能地去讨好谁，却又感觉认识了很久，一切都是这么自然。

李东晓准备了好多的问题，比平时做暗访更用心。就像是去美国领事馆面签一样，明明准备了几十页的资料，身份证、户口本、银行流水、房产证明、家庭背景……结果面试官看都没看，就直接通过了。

大家一起走出包房的时候，李东晓如释重负，这真的比暗访轻松多了，毕竟没有生命危险。之前在北京暗访酒托，差点就让打手给废了，好在跑得快。

"哟哟哟，这不是夏语晴么？"

那上蹿下跳的嘴脸，突然出现在李东晓面前，就像是暗访时遇到打手一样，李东晓想撒腿就跑，但是他跑不了，因为来者——老孙。他只能把这个极其危险的"打手"拉到一边，低声和他说："孙主任，别喊我的名字，拜托了，回头和你解释。"

"你和夏语晴……"老孙指了一下正挽着夏妈妈手的夏语晴，夏语晴假装很熟的样子，站在五米开外用嘴型和老孙打招呼。

"回头我和你说个事，你能耐，我真的没看错你。"老孙又不知道在使什么坏脑筋，剔着那颗"嗑瓜子后遗症"的大门牙，和李东晓挤眉弄眼的。

"夏语晴，那我先走了。"老孙越过李东晓的肩膀，和夏语晴告别。

老孙前脚刚走，夏语晴就跟了上来。

李东晓只好假装抱怨道："就是一个朋友，之前喜欢看夏语晴的节目，一直想约大家一起吃个饭。"

"谁要一起吃饭呀，我才不会去。"夏语晴接过话茬，确实她最讨厌交际局，一群不熟的人敬来敬去，说着又长又臭的"朋友论"。

"晴晴，该有的社交还是要有的，多认识朋友，才能在工作上有更多的空间，人家观众喜欢看你节目，你应该感恩才是。"夏妈妈一脸幸福地说夏语晴。夏爸爸夏妈妈都是读书人，腹有诗书气自华，同样是讲道理，李东晓觉得自己妈妈一对比，简直就是刁蛮的村姑。

还没走出绿贝，老孙的微信就来了："你和夏语晴究竟熟不熟？"

"挺熟的。"李东晓回复后，在等着老孙究竟又在打什么小算盘。

"正在输入……"的字眼在微信对话框里闪了半天，老孙的大段文字就来了。

"夏语晴是特区台最聪明的女主播，气质好还有个性，我们正好在谈主持人的人选，你看夏语晴有没有兴趣？毕竟慈善盛典是最有名的一场跨年盛事，我觉得这个对夏语晴来说，是一个很好的展现的机会，你想想市领导都在，多难得的机会，她主持时尚节目这么久，或许没有领导看过她的节目呢，说不定这一次会一炮而红。你就和她商量商量，咱们晨报，平台好资源好，但是呢，就是不会专门花钱请主持人，算是双赢吧。"

又来！

郭起、年会免单、夏语晴，就像是三座大山压在自己的头上，都拜老孙所赐。而这些事究竟怎么开口呀？李东晓合上手机，并没有回复老孙。没一会儿，老孙电话就拨过来了。李东晓摁掉，电话又打进来。李东晓再摁掉，电话还是打了进来。

"李东晓，你知不知道不接电话会有什么样的后果，进晨报的第一天我就告诉过你，比如在 24 小时内随时保持手机畅通，你可倒好了，你还敢摁掉我的电话？给你点颜色，你就要开染坊了是不？你马上回到报社，别天天在外面溜达。”

“孙主任，今天的稿子我已经交了，明天也没版，我……还要回去吗？”李东晓知道孙主任在为难他，可是还是要替自己辩护一番。

“哦？你的工作就是交稿子？你还真的当自己是作家是自由撰稿人啊？你知不知道自己是记者之前，首先是报社的员工，报社的员工就有他管理的方式，你马上给我回到报社，我就在四楼等着你。”老孙明知道自己在为难李东晓，但理直气壮。

“好吧，那我现在上去。”李东晓挂了电话，一脸的情绪挂在脸上。多年的暗访经历，李东晓可以演很多角色，但是不会掩饰自己的情绪。夏爸爸夏妈妈站在门口，等李东晓走过来，才拍拍肩膀说：“是不是工作上有什么不顺心的地方？没事的，年轻人还是要事业为重，你好好处理好你的事情，我们休息一下，晚上还要见见在深圳的老同学。”

没想到这突如其来的插曲，反而让自己有脱身的机会。李东晓收起了情绪，抱歉地和夏爸爸夏妈妈说：“那我先走了，叔叔阿姨你们休息好。”

待两老上了电梯，李东晓才转身离开明德国际公寓，穿过新闻路回到晨报社。

6

回到晨报社，四楼空空荡荡的，连大灯都没有开，只有老孙嗑瓜子的声音，夹杂着几声饱嗝。

李东晓打开了大灯，办公室通亮了起来。老孙见状起身笑面相迎，站起来隔着卡座的挡板伸手喊李东晓过来。

"可以呀，你和夏语晴关系这么好，你们究竟什么关系呀？"老孙完全没有了电话里的怒气冲天，只有百般讨好。

"我和夏语晴？这……是……其实，她是我的房客，租了我的房子。"

"少来，你还以为演电视剧呢，房东和房客的家人一起吃饭？你刚才和我说要和我解释什么来着了？都是自己人，该说啥就说啥，我怎么会不和你在同一条船上呢？"

"简单说，就是她爸妈逼她去相亲，然后呢，就找我当托，我来演她男朋友。"李东晓解释道。

老孙脸上又挂上了扭曲性的笑容，像是发现了李东晓什么秘密。

"那就这样吧，你就去问她，行就行，不行就不行，就一句话，她要是说不行，我还能拿你怎么样吗？"

"可是，我开口她一定来，可是我不想欠她这个人情。"

"人情就是用来交易的，你答应她帮忙演什么冒牌男友，她答应你来报社帮忙，这不就是人情嘛，你以为帮忙都是心甘情愿的呀？这就是人情，人情比货币还管用。"

"可是，我真的不能这么做，我害怕欠别人东西，我怕还不了。"

会和领导说这样的话，也只有李东晓才敢。他耿直得不像是职场上历练了五年的记者，更像是一个不会拐弯抹角的愣头青。有一次，老孙让李东晓打电话给一个狗狗培训学校，说帮自己领导训练狗狗能不能免费，可以给他们报道一下。李东晓拒绝了，说觉得这样很像是乞丐。老孙说："那你说我是乞丐咯。"李东晓说："我可没有这么说。"老孙走了之后，小博凑过来说，你不就打个电话而已嘛，这有什么。可是李东晓就是坚持打不了这个电话，直到小博简单几句甜言蜜语就把这事给解决了。

可是越是这样，老孙越是喜欢和李东晓杠上了。老孙越挫越勇的个性，才是他能年纪轻轻当上主任的法宝。

"要不这样，你把夏语晴电话给我，我来问。"

"……"

"你磨叽什么，我要是找夏语晴的电话我去哪儿不能问到？新闻路的圈子就这么小，什么六度分割，我还不需要通过六个人才找到她呢。"

"……"

7

　　父亲站在阳台上，一副马上要吊嗓子的姿态看着楼下的新闻路，回头和夏语晴说："这就是新闻路，还真的是精英密度最高的地方，你看路过的人，衣着、气质都很特别。"

　　"也就这样吧，毕竟都是混媒体的，多少都有点小品位。"夏语晴在收拾东西，搭了一句腔。

　　"晴晴，对面这栋楼，是不是也是报社？"父亲问道。

　　"是的，就是《南方晨报》。"

　　"这里还能看到报社的办公室呢⋯⋯"过了半晌，父亲才说出这句话。

　　夏语晴突然想起什么，嘴里念着：妈的，不好了！

第六章 依附着自己前进的，并不是因为多么坚定的感情

一个无关紧要的人，发起的无端攻击，竟然击碎了所有的牢固，原来依附着自己前进的，并不是因为多么坚定的感情，只不过是习惯，正如自己喜欢的张小沫，正如自己爱吃的小牛杂，不是真的有多爱，而是不愿意改变而已。当有外力冲击，所有的依附都失去了黏性。风一吹。

散落。

1

在新闻路上活动的媒体人，会穿上纪梵希最新款狗头 Logo 的，一定是特区台的；会像老干部一样，穿着西裤白衬衫的，一定是日报的；出门随时带着偷拍设备的，一定是晨报的。其他人

等，则可能是任意一家的记者或者编辑。

"你们这群实习生当中，谁是直男？"

金总监穿着松垮的白色棉质大褂，配上黑色的灯笼裤和褐色的布鞋，像是得道的仙人。他审完片子，把耳机扔在桌面，双手扎在腰间盯着机房里的一群正在剪片的孩子。

三个新来的实习生，被这样的问话吓得不轻，犹犹豫豫地站了起来。

电视台长期处于阴盛阳衰的状态，各大栏目创收不景气的情况下，特别想要一些男实习生，能拍能剪能写稿，一项仨最好不过了。金总监亲自挂帅，在各大高校里招了一批，清一色的男生。金总监把所有的简历都扔到一边，他们苦心想要表现自己学业优秀、社会活动丰富的资料，金总监一眼都没有看，在他眼里，电视的技术门槛本来就不高，只要不是傻子都能在短时间掌握操作技能。金总监的标准很简单，男生、任劳任怨。可是试水一个月，金总监就对自己亲自挑选的兵，全然不满。一个个都是名校编导系毕业的，做出来的东西，土到掉渣。

"你们加的花字，是90年代的城市台综艺吗？你们都是90后，都没有看网络综艺吗？都不看时下最火的综艺节目吗？以后别招直男，有几个直男懂时尚，你们看这品位，你们真的是把时尚节目做成乡村发现了。"

机房里的孩子垂头丧气地坐下来。

梁佳佳痛失了《滚蛋时尚》的主播岗后，夏语晴成为了唯一的主播。面对金总监越来越苛刻的要求，夏语晴还真的有点怀念梁佳佳在的日子，起码可以分掉挨刀子的麻烦。如果上天再给夏语晴一个机会，她一定要保护好梁佳佳，因为她这一走了，那些本该由她人承受的磨难，都是全数落到自己头上。

金总监一副"为了你都牺牲梁佳佳了"的姿态，让夏语晴连一句抱怨都不敢挂在嘴边。金总监还不断提出苛刻的要求，就是主持人参与前期的导演工作。本来只需要录制时到岗的主持人，早上九点也要像上班族一样乖乖的来签到，晚上节目播出前，还要亲自去审编导的片子。这简直就是主持人、编导、制片人三位一体，难怪都说电视台的编导越来越像万金油，什么都会，什么都不精。

夏语晴好几次想找机会和金总监建议，都先被金总监的气焰压过去，愣是没开口说出自己的困难，干脆喊陪了自己熬足一个星期的小朋友们吃饭。

"大家都放下手头的工作吧，中午我请大家吃吃饭，放松一下。工作这么累，总不能亏待自己，今天就别吃食堂了。"

编导们都愿意留在台里睡个午觉，夏语晴带着三个实习生下楼直奔新闻路。刚到深圳一个月的实习生们，还没好好看过这个城市，就被工作淹没了。唯一熟悉的地方，也不过是新闻路。

"慢慢来，金总这是气在头上呢，他自己就是一直男，这哪里是什么品位，都是技巧，多看看就学会了。"

"谢谢晴姐。"

李东晓家里中午是不做饭的，随便在村里或者在新闻路吃点就解决问题了。李东晓采访是在下午，所以中午才出门到新闻路吃饭。在小牛杂里，所有人都坐同一个方向，面对出菜口，特别像是在一个教室里，同学们坐在一起听老师讲课。玻璃门窗反射着阳光，像是相机里曝光过度的照片，泛着光晕。

李东晓点了一碗牛杂粉，服务员说："你得加一个卤蛋。"

"嗯。"李东晓没什么意见。

"我们新推出了猪肝，你点一个吧。"服务员继续说。

"嗯。"那就尝尝，李东晓有点饿。

"你还得要一包纸巾，我们店里今天开始不提供免费纸巾了。环保。"服务员拿着菜单，写上纸巾，不等李东晓回应。走了。

没一会儿，一个女生说："好热，你开个空调呗？"

"冬天开什么空调！"服务员没好气地说。

"你怎么这么抠，天这么热！"

服务员抓着一个月没洗的头发，回头白了一眼："你不会脱衣服啊，这么热你还穿两件。"

这个女生真的脱掉了外套，闷闷不乐地吃着牛杂粉。

又过了一会儿，一个男生说："服务员，是不是换厨师了？"

"没有。"服务员站在出菜口前面，像极了教室里正在讲课的老师。

"那怎么味道不一样。"男生像极了教室里喜欢反驳老师的搅屎棍。

"是你的舌头有问题!"

……

李东晓吃完了,起身发现自己身后的食客桌面上都没有纸巾,于是给每人派一张。不知道怎么的,总感觉气场很奇怪,莫名其妙的暗涌交汇一处。

"进来吧!"夏语晴推开玻璃门,几个愣头青虎头虎脑地走进来。

"哟,李公子在这里当服务员吗?"夏语晴见到李东晓,拍了一下他的肩膀。透过薄薄的白衬衫,能触碰到那一丝来自肌肤的暖流。

"嘿,这里不提供免费的纸巾了,刚好要了一包,就顺手给大家。"李东晓挠着脑袋,镜片又开始起雾。

"别紧张!"夏语晴把拎着的小包往后一甩,包链挂在肩膀上,往高脚台上一坐,跷起了二郎腿,粉色的高跟鞋微微地脱跟,挂在脚尖上。夏语晴挥挥手,把几个小男生都喊了过来,"李公子请大家吃饭啦,随便点。"

"来来来,随便点。"李东晓把镜片往上抬了抬,"嘿,语晴,你们特区台的午饭这么好吃,怎么也跑出来吃饭呀?"李东晓特别羡慕特区台的自助餐，5块钱任吃，应有尽有。在小牛杂随便吃一顿都得三五十块。

"再好吃的食堂吃了几年，也会腻。"夏语晴的脸上多了些许憔悴，用厚厚的粉底铺平，那双眼药水广告的眼睛，也耷拉着眼皮，没有精神。

"对了，上次演你男朋友总算成功吧？你爸妈有没有再逼你？"李东晓也坐了过来，和夏语晴搭着腔。

"你还好意思说，早就被老爸看清了，本来只是怀疑，结果从阳台里看到你在晨报被老孙训斥，全露馅了，再强大的编剧都没法圆这故事好吗？"夏语晴叹了一口气。

"唉呀！这个我还真的疏忽了，其实我是知道我们办公室刚好对着你的阳台，之前上班的时候我还看着你的阳台，想要告诉你我上班的时候就能看到你在收衣服的……"李东晓放下筷子，充满歉意地给夏语晴道歉，"会不会给你惹来很大的麻烦？还真是抱歉。"

"还真的是挺麻烦的。"夏语晴打起精神，用修长的手指拍了一下额头，拨开短短的刘海，抻在桌子上。

"不会是让你和宋思明相亲吧？"李东晓吃惊地问。

"如果相亲还好，不合适就拉倒，再难熬也就是一顿饭的时间。"

"那是什么？"

"我爸发现了你在晨报上班，我就全盘托出了，我爸那劲儿，我哪能说谎呀，结果我爸居然说你这孩子不错，不花哨，人也踏实，不像你们文艺频道的男生，一个个花枝招展扭扭捏捏的。"做电视比做报纸，更具有艺术感，大多数直男癌的男生待不下去或者难以冒尖，也是和品位相关。

"所以呢……"

"我爸说，要不就和李东晓在一起吧。"

李东晓"噗嗤"一声笑了出来，"你爸爸也太看不起你了吧？哪有这样贱卖女儿的，他还担心你嫁不出去呀？你告诉他追你的人，可以从深圳排到泰州。"

"能不着急嘛，我表妹 92 年的，今年刚找一个 84 年的男生结婚，我父母都觉得我表妹有恋父情结了，估计我再不结婚，我爸就得找一个有恋母情结的小鲜肉和我相亲了。"

"有恋母情结的人，肯定会特别喜欢你这一款，毕竟你还真的很会照顾人。"李东晓开玩笑地转移话题，免得夏语晴不自在。

"我觉得你就有恋母情结！"夏语晴反抓着发梢，百无聊赖地刮着脸。

李东晓不知道怎么的，镜片又起白雾了，说不出原因的尴尬。这是在尴尬什么呢？李东晓在暗访时扮演过各种角色，可是这一次扮演情侣却还没有出戏，某些东西留在角色里，就像一种温存，留在回忆的指尖，轻轻拨动着敏感的思绪。

有一种契合，孤独地生长。难道自己喜欢夏语晴了？喜欢肯定是有，但不是爱。李东晓和自己暗示道。

"好啦，不开你玩笑了！"夏语晴看着窘迫的李东晓，打住了大家的起哄，"买单啦。"

"不是说好我请的吗？"

"开玩笑的啦，你别这么认真好吗！我从来不让别人抢到买单的机会。"夏语晴阻止了李东晓。

2

"一个能战斗的团队，必须是全能的，写稿谁不会。"

老孙就差没搞一个晨运加油操，像楼下的房产销售团队一样，每天早上握着拳头高喊"加油"、"你是最棒的"。

"东晓，你来一下我卡座，我有事找你呢！"隔着手机屏幕都能感受到老孙一边嗑着瓜子一边打电话。

"嗯，孙主任，我在新闻路呢，我去找您。"李东晓挂了电话，心想怎么汇报邀请郭起来参加跨年慈善盛典的进展，好歹也要想一个进展证明自己有在做事。他脑子里早就想好了无数个答案，回到卡座喝了一口水，合上杯盖，起身去找老孙。

和电视台相比，在报社里，领导和记者的交流，大多数是通过电话、微信加 QQ。只要准时交稿，任务便完成。老孙对记者，不，应该叫员工，要求不一样。都说记者是最难管理的，老孙就不信这个邪，在社会新闻部大搞"精细化管理"。

曾经有一个同事不知死活地说了一句："没事做的时候也要坐班，也太为难人了吧。"

后来，这个同事承包了社会新闻部所有的打印、发采访函、写方案、做策划。

再后来，没有人敢提没事做了，乖乖来坐班。

"东晓，郭起那边有消息了吗？"老孙果然是不掩饰的。

"我通过我北京的朋友去打听过了，郭起也很为难，因为如果不收我们的钱，公司会觉得他以慈善之名，私底下收了，所以他也过不了公司这一关，毕竟公司这么辛苦培养他，就是为了赚钱的嘛……"李东晓分析道。

老孙食指和拇指夹着刚嗑出来的瓜子壳，带着一丝在荧光灯下发亮的口水，停在半空，打断了李东晓的话。

"也就是没有进展嘛！理由我也可以编成千上万个，这种小把戏都是我当年玩剩的，好无趣喔。我只是想要结果。你这种方式肯定是不行，你要通过核心去找，你前女友背书还不管用吗？能用得上的资源别浪费呀，不然你们拍这么多年拖，那还真的浪费了几年的青春。"

"她不愿意帮忙！"李东晓叹了一口气。

"成不成就看你的了，这事儿要是成了，比你写一年的稿子都管用，你明白吗？我这是在给你机会。"老孙放下瓜子壳，凑了过来，把李东晓拉到旁边的椅子上，示意坐下来，"不过，我今天要和你说一件别的事情。"

李东晓"哦"的一声坐了下来。

"你觉得小博是一个怎么样的人？"老孙贼眉鼠眼地看着李东晓。

"小博哥很厉害呀，我觉得他还有老新闻人的那种专注，稿子也写得很好，人更不用说了，你知道的，我能来晨报，都是因为小博哥推荐我才来的。"

虽说来了晨报后交流不多，但是李东晓总感觉和小博关系很好。

"你别紧张，我又没抄家底，我们就是一起聊聊天，像朋友一样拉家常。我先和你道个歉，平常都是以领导的身份和你说话，这是不利于我们的团队建设，我们可以一起聊聊天，也好让我了解大家的想法，我要的就是最真实的想法。"

"这个是最真实的想法，我特别佩服小博哥一点就是，有着那种老新闻人的尊严，坐怀不乱。"

"难道就没有缺点？"

"还真的比较难想到。"

"优点和缺点本来就是背靠背的好兄弟，人无完人谁不懂这个道理，我还会因为你觉得小博哥某方面不够好我开除他吗？不可能！你这真的是想多了，把谨慎放在不恰当的位置上。"

"缺点，就是人太好了，总觉得他特别热情。"

"李东晓，你这样说话我们就没办法往下聊了，你这是在打马虎眼呢？"老孙弯着手指作敲头状。

"缺点，我想想，比如说小博哥会比较时尚呀，我也不知道是缺点还是优点。"

"这不就是了嘛，这有什么不好说的，都不知道你在谨慎什么。"老孙心满意足地转动椅子去抓一把瓜子，继续嗑了起来。

李东晓正要起身离开，老孙又让李东晓坐了下来："对了，夏语晴那边我已经搞定了，人家不知道多乐意来我们的晚会，一口就答应了，老哥帮你处理好夏语晴这边的事儿了，老哥给你做了榜样，那你就安心地去邀请郭起吧，一定要成功。"

"夏语晴答应了？"中午才见到夏语晴，也没听夏语晴提到这一茬，想必是老孙自己有别的路子吧。

"嗯，人家不知道多乐意，夏语晴能上跨年慈善盛典，以后在外面接私活都能抬高身价，这层你就没想过了吧，同样郭起也一样，你该怎么邀请你就去邀请，别像个小娘们一样犹犹豫豫的，这让我特别看不起你好吗！"

"我……"李东晓刚想解释什么，又把差点脱口而出的话咽了回去。要结束对话，最好是什么都不说，"我知道了。"

3

"有时候我真的很讨厌摩羯座，包括我自己。"

李东晓坐在市民中心的大台阶上，眼前就是空荡荡的广场，再往外走就是深南大道。陆凯背着一个运动背包，里面插着两根羽毛球拍就来了。李东晓更像是说给自己听，有时候真的不知道该如何和陆凯说心里话，陆凯总是一副漫不经心的样子，咋呼地描述着无关紧要的东西：波鞋街现在也开始卖假货了，现在从香港带烟只能带一条，东门有一家专门吃奇奇怪怪昆虫的店……

　　李东晓大多数时候，不愿意分享自己的内心世界。如果陆凯不说话，也可以幻想成在倾听自己说话。但是陆凯并没有，继续在甩着手腕练习教练说的动作要领。

　　"陆凯，你难道就没有烦恼的时候吗？"李东晓的食指和拇指扣着可乐铝罐，早就喝完了，但是懒得起身去扔掉。

　　"你不就是烦恼怎么邀请郭起嘛，这个确实很难，我也问过张小沫。"陆凯停顿了一下，后退到台阶上，拉了一下尼龙球衣，坐了下来。

　　"你干吗和她说啊？"李东晓提高了嗓音。

　　"你别激动，我没说你哈，我就说我的一个朋友要邀请郭起参加慈善活动，其他的都没说。"陆凯回避了李东晓犀利的眼神，躲躲闪闪地说。

　　李东晓知道，陆凯就是那种会在背后替你做很多事情，但是从来不言说的存在，但是这次真的不需要陆凯插手。

　　月亮挂在黑色的夜幕中，把广场照得亮堂。小时候，求奇村村口有一个用来晒谷的地堂，奶奶每天都会带着李东晓到地堂去纳凉，那个地堂已经变成了村里的文化广场。每逢有车经过求奇村的地堂，大多数是来找李东晓的爷爷看病的。李东晓的爷爷是名声在外的赤脚医生，只会治鼻炎。陆凯小时候有鼻炎，被家里人带到求奇村看病。

后来，风声太紧，赤脚医生没市场了，爷爷就开始专心收房租打纸牌。而陆凯总是爱从沙头角转两趟公交车到求奇村找李东晓玩，顺便在游戏室打两局拳王。两个同龄的少年，枕着草地，看蓝天下游走的白云，放空着无忧无虑的童年。陆凯每次心满意足地回家，妈妈就会开心地说："有空就去找东晓玩，你看人家多厉害，天天在家看书，长大一定有出息。"

到了上高中，陆凯的妈妈就费了九牛二虎之力把他弄到和李东晓同一个学校。陆凯从小就活在李东晓的阴影之下，但是乐此不疲。

4

陆凯走了之后，李东晓从市民中心步行回到了求奇村。从最繁华的孤独，到最孤独的繁华，不过是从高楼林立的新闻路，跨到遍地烧烤摊的求奇村。

电话响了，手里拿着油腻的烤鱿鱼串的李东晓，用干净的左手绕到右边的裤袋里，用无名指和尾指把手机夹出来。

"你是李东晓吗？"

"你好，是的。"李东晓不爱听电话，主要是熟悉的号码，尤其是工作上的事。一看是陌生来电，心想撑死也就是一个销售电话，便接了。

"你怎么这么不要脸，利用职务之便伤害郭起，你作为一个男人，这样报复郭起，你会得到报应的。"

李东晓正要问究竟，对方"啪"的一声先挂了电话。又是一阵莫名的恐惧笼罩着他，他把剩下的两串冒着烟的烤鱿鱼，胡塞进嘴里，从烧烤摊抽出一块满是粉末的劣质纸巾，往嘴里一抹，用手指一揉，扔在一旁。

手机里已经塞满了未读的微信。

猜拳声此起彼伏的求奇村口，文化广场上大妈婀娜多姿地跳着广场舞，李东晓神情慌张地赶回家。家里，妈妈穿着睡衣坐在客厅里，看到李东晓回来，眼神直勾勾地盯着他，像是等着考试分数不理想的李东晓。

"东晓，你是不是发生什么事儿了？"

李东晓没顾上解释什么，因为微博上上千条未读评论，点开全是咒骂全家的话。连微博上，自己的小侄儿也不能幸免。

"这个小孩真丑，在哪个学校念书，我们去把他打一顿，好让他替无良记者受死。"

微博里，是自己曾经放在 QQ 空间的照片，小侄儿背着书包站在小学门口啃着一根香肠。

在微博的话题里，"无良记者报复前女友造谣郭起"的话题上了热门。

不少没有头像的微博，在大肆地放出李东晓的爆料。李东晓以为报道整容医院的事儿，已经完了，没想到还有更狠的。当你遇到麻烦时，不要太气馁，因为你永远不知道还有多大的麻烦等在后头。

"李东晓，《南方晨报》记者，深大06应用数学系的，在大学时挂过科，凭借家里的关系，当了记者，但是不学无术，心眼特别小，没有什么朋友。"

连自己挂过《线性代数》这门课都知道？究竟是谁放出来的料？应数系的同学？不可能吧，他们都不怎么关心娱乐圈的事儿。

"李东晓不是什么富二代，他爸爸就是在替求奇村打工，他们一家并不是求奇村本地的村民。他爸爸作为求奇村的总经理，贪了很多钱，给李东晓买房子。"

爸爸不是求奇村在册的村民这事，全家讳莫如深。知道这事儿的五个手指头都能数得出来，究竟是谁拿这个说事？

"他女朋友一定是发现了他说了谎，才和他分手的，结果全部赖到了郭起头上。他前女友是娱记，和郭起关系很好，但是两人并不是情侣。"

李东晓返回去看微信的间隙，微博又蹭蹭的未读评论的数字往上跳。究竟是谁，在操纵着背后的这一切，李东晓相信这一切不是意外，而是一次有组织的策划。

难不成是郭起公司的所为？如果是郭起的公司所为，那么张小沫是真正的爆料者？可是张小沫并不知道爸爸的真实身份，难不成是……

陆凯？

李东晓不敢往下想，拽着手机站在客厅，发现妈妈已经盯着焦头烂额的自己半个小时了。爸爸在外面喝酒，还没回来，这事要怎么和老爸解释？老爸的秘密，从小就不敢和别人提起过，这是爸爸这辈子最大的一块心病！

"你怎么和你爸解释，你自己想好，就你嘴碎，这样家丑的事儿你也往外说。人家现在说你爸爸贪污。"

奇怪了，到底是谁爆的料？真的不是陆凯吗？不不不，一定不会是陆凯，怎么可能是陆凯，他绝对做不出这些事儿。除了陆凯，还能有谁？李东晓挠破了头皮，也想不出来。爸爸这么好面子，从来不提更别说对外说。

李东晓正要给陆凯打电话，夏语晴的电话就进来了。

"东晓，怎么回事？我看微博上都在爆料你的事儿，你是不是和张小沫那边彻底闹翻了？妈的，真是 Bitch，这种事都做得出来。"夏语晴电话里，马上就开骂了。

夏语晴的义愤填膺，就像是茫茫大海里的一块浮木，落水的李东晓靠它撑着。

"我也奇怪，我觉得应该不是张小沫，因为有一些事情，张小沫是不知道的。"李东晓冷静了一下，想说出陆凯的名字，又觉得不合适。电话两头，停顿了一下，都没说话。

"东晓，这样，你先别看微博上的评论，我们先想一下这个事情怎么处理，不要想是谁爆料，现在对你情况非常不利。"

"是的，刚刚还有一个人给我打了电话，应该是郭起的粉丝，也不知道谁把我的电话号码泄露了出去，因为我的这个深圳号码，其实除了深圳的同事没有多少人知道。"

"东晓，你不要太在意这些评论，都是网络暴民，被利用了。你千万不要在微博上回应任何事情，等风头过去就好了。"

"嗯，好的。"没想到这个时候，站出来的不是陆凯，而是夏语晴。没事的时候，陆凯吵个不停，有事的时候连个电话也不打。

"你现在出来，我就在求奇村的文化广场，我刚下班，就过来看看你这边什么情况。"

李东晓收起手机，随手拿起爸爸放在茶几上的墨镜，出了门。在文化广场，李东晓和夏语晴像是谍战片里见面的特务，低着头走到跟前。

"你干吗大半夜还戴着墨镜，快把它摘了。"

"怕出门被打。"李东晓把墨镜顺着鼻梁往下一拉，露出眼睛和夏语晴说完，又把墨镜往上一推，双手插在卫衣的口袋里。

夏语晴拽着李东晓白衬衣："走，我请你喝顿酒，就什么事都没有了。"

"算了，哪里有心思喝酒。"李东晓耷拉着脑袋，从烟盒里抽出一根香烟，贴在嘴唇上，顺手甩开 Zippo 点了火。

究竟是谁，掌握了李东晓这么多的秘密？李东晓潜意识里，就已经用排除法计算好答案。而且陆凯晚上说的话，也很奇怪不是吗？他见了张小沫，会不会是他说的？陆凯肯定隐藏着什么，可是，陆凯怎么会把自己给卖了呢？

这是矛盾的，如果搁在平时，他一定会相信后者，但是陆凯的异常太明显了，不由得让自己怀疑。

"真的别想这么多，李东晓，你有时候太敏感，你容易在自己的困境里走不出来。"夏语晴知道李东晓的心思，他是那种什么都放在心里不说的人，真正了解他的一定是和他共同经历过什么的人，这个人除了张小沫就是陆凯。

"陆凯和张小沫都不至于。"

夏语晴分析道。

"我其实是在想解决的办法，我总得找到问题出在哪里，才有可能去解决，我不能放任不管，不然我晚上都睡不着。"李东晓一手拿着电话，一手抽着烟，电话屏幕里一直停留在陆凯的电话号码上，没有拨出去。两人过往的通话记录页面，全是陆凯拨过来的电话。

他又把电话塞进口袋里。

5

陆凯从市民中心打了车回到龙华,当年买房子的关外,现在已经是高楼林立万家灯火。这里成了炙手可热的黄金地段,车子穿过新区大道,两旁的楼盘骄傲地宣示着自己的身价。五年,龙华变化太大,深圳变化太大。入学的那一年,深圳正处在产业转型的尴尬期,媒体一边倒地唱衰深圳金融地位不保,跌出了前十。如今又回来了,以更强势的姿态。

唯一不变的,是陆凯心心念念的人——张小沫。

如果不是自己当年要和张小沫炫耀,或许,张小沫就不会和李东晓在一起。在陆凯的心里,张小沫满足了自己对女朋友所有的幻想,像棉花糖一样松软,带着童话般的色彩腾空而起,飘在幻想的上空,野蛮地暖化了时光。他以为的搭讪方式,成功地引起了张小沫的注意,但是没有博得她的好感。

陆凯单身了好多年,但是又觉得自己并没有单身,他觉得这种单相思就是一种恋爱。感情不过是一种依赖,你觉得你们在一起,就是在一起。陆凯这样安慰了自己,直到和张小沫说出自己的心里话。

陆凯想过一千种被拒绝的场面,可是万万没想到的是,张小沫瞪大眼睛吃惊地说:"你是来搞笑的吗?"

陆凯只好胡乱扯开话题,邀请郭起去参加跨年慈善盛典。

新闻系的毕业五周年聚会选在桂庙的红姐东北菜馆,陆凯见到了张小沫，这是毕业后第一次见到没有李东晓在身边的张小沫。

新闻系的女生，除了张小沫都在深圳，她自然成了聚会的焦点。同班同学芳芳不怀好意地说："其实和艺人拍拖很惨的……"

张小沫默默地想着：幸亏当时保研时没有把机会留给芳芳这个小碧池。唉！如果真的和郭起拍拖，再惨也值得，可是自己连"很惨"都算不上。

芳芳看到陆凯双手插着裤袋走进来，便扭着小蛮腰凑了过去，"哟，这不是陆凯嘛？诶，你知道吗？深大现在市内市外一条线，本地学生没有优惠了，好在你出生早几年，不然怎么也考不上深大！"

陆凯没有心思用嘴皮子毒死芳芳，自己拿起一杯红酒找了一个空位坐了下来。

大学毕业后，陆凯最讨厌的一项活动便是同学聚会。一定会有不识趣的老同学，拿着现在并不高的薪水鄙视曾经穷过的同学们。陆凯参加过一次同学聚会，有一个不识趣的老同学说："你现在当记者可以接触到很多名人，你可以在淘宝上卖他们的签名啊，总比你大学时做兼职来钱快呀。"陆凯强迫自己用微笑堵住了自己差点脱口而出的脏话。真的是见趟老同学比见前女友还要倒霉——都是用现在的自己鄙视过去的你，尽管陆凯并没有什么前女朋友。

陆凯曾无数次问自己：如果有一天张小沫和李东晓分手了，

自己会不会去追？每次的答案都一样，而且很简单：一定会。

陆凯以为，李东晓是自己永远打败不了的对手，然而李东晓退出后，却冒出一个更加强大的对手。你得不到的人，和她跟谁在一起一点关系都没有，就算她分手了，也不会和你在一起。如果说，张小沫和李东晓走到一起，对陆凯是沉重的一击，那么张小沫转向郭起的怀抱，才是最致命的——压死骆驼的那根稻草。

"先生，到水榭春天了，麻烦给个好评。"

"先生，先生，到了。"滴滴专车司机回头再喊了一声陆凯。陆凯"哦"的一声，推开车门，下了车，身子淹没在夜色里。

6

有时候，你以为喝醉了一场，就能忘掉烦恼。是的，要烦恼的事，第二天还是照样跟着太阳升起。昨晚，李东晓还是被夏语晴拉去喝了酒，在 Coco Park 的酒吧街，玩着色盅，两个人把一瓶山崎 18 年喝光。

玩色盅，那是李东晓的强项，这种天赋是与生俱来的。夏语晴输得一塌糊涂，后来的酒都是李东晓喝的，不管输赢。

李东晓把夏语晴扶回家的时候，夏语晴躺在沙发上，嘴里呢喃着："李东晓，你要是喜欢谁，你就耗着，对方一定会慢慢发现你的好的，不要放弃。"

同样是这间房子，喝醉了的夏语晴，让他想起了被杜尹浩甩的时候的样子。是不是很像自己？尽管表达的方式不同。耗着，耗着如果有用的话，张小沫就不会和自己分手了不是吗？

李东晓关了灯，拧开安全锁，关上门。离开。

李东晓没有真正的睡着，梦里全是张小沫的脸，陆凯的脸，那么熟悉那么陌生，扭曲地在梦里腾空狂舞。辗转反侧的夜，用最胶着的方式围剿着梦境。睁开眼就天亮，是一种奢望。睁开眼睛，依旧是黑夜，没有尽头的黑夜。

黑夜像沙漏，在眼皮底下流完。

黑夜和白天，没有界限。慢慢地。淡开。

李东晓不知道自己要面对什么，平日里忙忙碌碌就能溜走的一天。余秋雨在《文化苦旅》中曾经说过：灾难所带来的影响，远比灾难本身可怕。

他没有洗脸，抓起墨镜就往报社走。这栋白色的小矮楼，泛着蓝光的玻璃窗依次镶嵌在墙壁上，像是自己伸手就能抓住的救命稻草。这种时候，报社就是自己的安全感。

"哟，大阴天带着个墨镜，招谁注意呢？"

小博挎着大号的 Gucci 背包，在楼下撞见李东晓，像是见了什么不吉利的东西，往后退了几步，拍着小手掌嫌弃着，扭头就翘着屁股走了。

李东晓没有摘下墨镜，擦肩而过的路人，都像是在微博上爆料自己的网友。他迅速闪进报社大院，按了电梯。

远在北京的石头，一大早打电话过来关心李东晓，再三叮嘱不要自己一个人出门，这段时间还是要注意安全，因为郭起的粉丝很可怕。老同事突如其来的问候，让李东晓心窝一暖，泪如雨下。

他挂了电话，推开玻璃门进了社会新闻部的办公室，同事们装作没事一样，该忙什么忙什么，只是寒暄时眼神多停留了一会儿。他所期待的陆凯，并没有打电话来过问，哪怕是一个说法也好，或者关心也好。

可是陆凯全部都没有。

小博在传真机面前，给网警发采访函，倒腾了半天卡纸了。老孙过去，一阵倒腾才把传真给发过去。

"东晓，你过来。"老孙站在传真机面前，晃了一下手中刚从传真机打出来的纸张，"今天早上，传真机已经传过来好多封投诉信了。"

李东晓没有上前，看着老孙。老孙自己找了一个台阶下，"算了，你还是别看了，这些粉丝都是很疯狂的。你也别影响工作了该干吗就干吗去。"

李东晓走到自己的座位上，坐了下来。转移注意力是最好的方法，他打开爆料平台一页接着一页往下翻，实际上并没有看什么实际的内容。他只需要动起来，机械地忙碌起来就好。

来到晨报不到两个月，周围的同事还没全部认全，就发生如此尴尬的事情。

老孙跟着过来，从掌心甩出一把瓜子，放在李东晓的桌面上。

"东晓，你今天写点简单点的稿子吧，反正你也没什么心情去采访，你去采访一个信息诈骗的，当事人接到自称是法院的电话，然后就稀里糊涂地把钱转给对方了。"

"好吧。"

李东晓没有多说，返回爆料平台。刚才的爆料已经被刷到后面几页了，前面三页像电脑当机一样，全是同一个标题：投诉晨报记者李东晓。

"孙主任，我都已经联系过对方约过采访了，你看我连网警都联系好了，你怎么能把这题给李东晓呢，你就是偏心。"

小博听到了两人的对话，火速靠了过来，跺着脚叫嚷着。

"那就让小博哥去采访吧，我另外找一个题好了。"李东晓一副无所谓的样子。他在任何时候都不会露出自己懦弱的一面，再窝囊也要死撑。

小博等老孙转身离开，就靠过来说："东晓小朋友，我和你说，我觉得这件事你也不是完全的受害者，毕竟因为你，郭起也受到了伤害，虽然你没有写这件事和郭起有关，但是你拍的照片，就是堂而皇之的把人家郭起给暴露出去，你说郭起冤不冤？明明不是代言期，结果呢，没拿到代言费不说，还要被那群破相姐妹团泼脏水。"

"如果你只是想来谴责我，不好意思，你要先知道自己站在哪个立场，你是作为我朋友来帮我出谋划策，我感谢你，可是如果你只是想来过个嘴瘾，不好意思，我真的没有这个心思。"李东晓"啪"的一声把手机摔在桌面上，"噌"地站起来。

"哟哟哟，我就说，李东晓你这个人不客观，你作为记者你听不得客观的评价，我给你最客观的分析，你却来怼我，你牛逼你去怼那些粉丝呀，你要是真的把我当朋友，你和我犟什么呀，真是的，莫名其妙。"小博的怒火也不知道从何而来，整个人就像快要爆炸的热气球，吓坏了坐在篮子里放飞自我的游客。

老孙听到两人争吵的声音，赶紧跑过来劝说："都是同事，何必呢？有事好好说，东晓，你也别担心，哥替你做主，小博作为老大哥，也体谅一下小朋友，都好好说话，这不是有我在帮你们解决问题嘛，有什么困难都和我说，小博，给老哥哥一个面子，快去忙你的。"

和郭起的粉丝开撕，李东晓一点都不担心。然而，最让他心寒的是自己身边的朋友，如陆凯，如小博。灾难的影响比灾难本身更加可怕，还没来得及和郭起的粉丝开战，周围的朋友一个个都先和自己翻脸了不是！

明明知道这样不好，可是李东晓没有控制住自己的情绪。

陆凯的电话来了。李东晓强压着冷静，他不知道马上要面对的是什么。

"东晓，我想你迟早也会知道，所以我就告诉你吧。"电话那边，陆凯开门见山地说。李东晓心头那颗石头，终于掉了下来，砸得脚趾痛得要命，还不能发出声音。

"嗯，我想我也猜到了。"

"东晓，对不起……"陆凯还没说完，就泪如泉涌，哗啦啦地落下来。李东晓想不出什么话语来安慰陆凯，任由时间一秒一秒地过去，两人对着电话一言不发。

李东晓想不起来是谁先挂的电话，木讷地走出报社。在这一次，他明白了什么才是众叛亲离的感受。一个无端的攻击，竟然击碎了所有的牢固，原来依附着自己前进的，并不是因为多么坚定的感情，只不过是习惯，正如自己喜欢的张小沫，正如自己爱吃的小牛杂，不是真的有多爱，而是不愿意改变而已。当有外力冲击，所有的依附都失去了黏性。风一吹。散落。

李东晓发现妈妈站在报社门口，见到他走出来，跟在后面，一直往求奇村走。

"要是做得不开心，就不做了。"

妈妈半天憋出了一句话，李东晓加快脚步往前走，不让妈妈看见自己"啪啪啪"往地上掉的眼泪。妈妈并没有这么令人讨厌，只不过用着最朴实的方式来表达自己的情感而已。她真的很在乎自己的儿子，用自己以为好的方式。

第七章　三十而立，而不立

这个世界这么多的道德绑架，也抵不过一句我爱你，在明白了什么是爱的那刻。世界再大，也只要求一点。

1

一个噩梦接着一个噩梦，李东晓一看表，早上 8 点 50 分，从求奇村到报社后院的广场，大约是八分钟。新年的第一天上班，报社要举行升旗仪式。

在洗衣机里把昨晚扔进去洗的衣服拿出来，发现裤袋里的手表在洗衣机里翻滚了一夜。洗手间里的镜子不知道被妈妈拿去哪里了，慌乱地拿起刮胡刀往脸上刮，用手摸着须根的时候才发现血流不止。翻箱倒柜把整理好的衣服全翻乱了，穿上衣服就往下跑。在新闻路 7—11 排队买车仔面的人群中穿过，抽一块纸巾揩住被划破的唇角，迈着大步子往报社赶。十分钟的时间内发生的事情，就像一下子往锅里扔了所有乱七八糟的食材，来不及调味就端上桌面。

李东晓站在队列中，升旗手已经就绪。他找到了行政的小姑娘，签了个到，原地站着等升旗。眼角干着的眼屎模糊着视野，李东晓用指尖揉着眼睛。

"东晓，生日快乐！"

小博站在一旁，用右手的指尖拍着左手的掌心，微微屈膝，一脸贼笑，和李东晓打着招呼。

"啊？"李东晓没反应过来，求奇村习惯过农历的生日，所以知道李东晓什么时候过生日的并不多。连一起过生日的《北报》老同事，大多是记得李东晓某一年过生日对应的新历，在那一天给李东晓发信息。爸爸说过，不适合把农历生日告诉别人，因为如果对方想要害你，就用你的生辰八字做蛊。

小博居然这么有心会知道，或许是因为自己填的资料都是填农历，被心思细腻的小博知道了吧。或许，小博那些伤人的话，也是为了帮自己，那就没有必要放在心上了。李东晓报以微笑，咧嘴表示收到。因为光明滑坡事件，报社的慈善盛典移出了跨年档，推迟到了元宵节。老孙在关键时刻没有继续为难自己，也算是仗义了。

他打着哈欠，和人群往相反的方向走，他要回家继续洗漱，来不及洗脸漱口，嘴里的味道有点重，浑身弥漫着一团浓重的起床气。

"李东晓，生日快乐。"夏语晴不知道从哪里冒出来，出现在新闻路上。

"咦，你们怎么都知道我的生日呀？"李东晓好奇地问夏语晴，因为没有洗漱，没有上前打招呼，站在五米的距离停了下来。

"你的礼物，给！"夏语晴递过来一个黑色的盒子，上面扎着一个漂亮的蝴蝶结，蝴蝶结是大棕色，一下子就提升了几个档次，少女心变高定。

"奇怪，你怎么知道我生日呀？"李东晓上前接过礼物，又后退了一步。

"梁佳佳说的，我也不知道她怎么知道的，我还奇怪呢，像是知道什么秘密一样昨天跑来和我说。"

"梁佳佳？"

"嗯，不过梁佳佳这方面确实厉害，她很会来事，可能从你同事或者什么朋友那里打听来的吧。"夏语晴赶着去上班，和李东晓告辞，"我明天一大早要去北京，我们台里的校招在北京有一个面试点，金总让我陪他去挑人，晚上就不陪你吃饭了，你和爸妈一起过吧。"

"谢谢你，语晴。"

李东晓拆开盒子，一串黑曜石！这串黑曜石，和当年张小沫送给自己的一模一样。难道夏语晴知道黑曜石的故事？

"做自己的黑曜石，才能保护自己和自己爱的人！东晓，生日快乐。"压在盒子底下，有一张手写的纸条。柔软的字体，在白皙的纸张上，力度可见。

李东晓把黑曜石拿出来，珠子触碰着指腹，冰凉渐渐退去。

回到家里，爸爸已经在楼下吃早餐，见李东晓回来，就喊道："宝宝，快来吃个鸡蛋，今天你生日，要吃个鸡蛋。"

"爸，我都三十岁了，别这样叫了好吧！"以前，爸爸总会觉得自己年纪小，常说什么二十多岁的小孩不懂事，可是这个措辞从今天开始就不能再用了。因为网络水军的攻击，股份公司董事会开会决定暂停了爸爸的一切职务。

"那又怎么样，在爸爸这里永远都是宝宝，你到五十岁我都能这么叫，小屁孩，在想什么呢，快来把鸡蛋吃了。"

李爸爸卖力地活跃气氛，可是并没有什么效果。

"我先上楼洗漱，刚回报社升旗去了。"李东晓没接过爸爸递过来的鸡蛋，握着楼梯的柱子，借力转了一个弯，跳上了楼梯，"咚咚咚"就上楼了。

"这孩子！"爸爸摇了摇头，责怪道，突然想起什么，又走到天井，往楼上喊，"晚上要不要喊陆凯过来吃饭，让你妈做一顿好吃的，一起过生日。"

"不用了，我不想过生日。"李东晓每年过生日都和同学同事一起通宵达旦地唱K，还真的没有怎么和家里人一起过生日。

就这样三十岁了，原本以为是一个平凡的生日，但是真的到了这一天，觉得世界的空气都在变化。三十而立，不立。那些任性的过往，在刚满三十岁的这一天，似乎都变"质"了，就像哲学课本上说的一样，量变到一定程度，必然会引起质变。

尤其是年龄。

2

张小沫表姐终于要结婚了，婚礼就在天津。喊了这么多年的表姐夫，终于要名正言顺地成为一家人了。表姐和表姐夫来北京时，郭起还一起吃了饭，并且强烈要求自己来张罗这次婚庆。郭起就是这样，对人好的时候，拼命地砸钱一点都不心痛。

天津依旧是一个满街自行车的城市，婚车一路上把天津熟悉的街景尽收眼底。张小沫坐在婚车上，像是参加自己的婚礼，郭起有意无意地避开张小沫，坐在另外一辆车上。

表姐穿着蓬松的公主婚纱，坐在后座，看出了张小沫的心思，握着她的手，叹了一口气。张小沫掏出手机，给郭起发了一条微信："谢谢你，郭起。"

"朋友不言谢。"郭起在对话框里敲了一会儿，如张小沫所期待，客客气气地回了微信。

张小沫总是在期待，终究有一天，能改变郭起。每一天都有可能会改变，可是每一天都是失望而归。她每天刷着星座的运势，刚开始看到天蝎座是有桃花运的日子，张小沫总会期待这一天两人的关系会发生质的变化，哪怕往前一步都好；后来，只要看到天蝎座有桃花运的日子，张小沫就开始提心吊胆，担心如果郭起真的走了桃花运，而主角不是自己该怎么办？

天津的上空，阴霾一片。那些熟悉的街道，她都曾经幻想终究有一天会和郭起一起走过，听自己讲过往，弥补错过的岁月。当年选择到北京念研究生，也不是冲动，因为离家近。她计划过，和李东晓去自己小时候的小巷子里买豆浆油条，骑着自行车去买沿路的大麻花。这个计划没变，计划里的主角变了。

而郭起的计划里，永远都没有她。

张小沫又拿起手机，点开李东晓的微信，又把手机翻向窗外不让表姐看到。李东晓今天生日，他是一个仪式感很重的人，每次过生日，都会把大家喊到 K 房里，派对要搞得轰轰烈烈。李东晓会记得所有的纪念日，第一次见面，第一次牵手，第一次亲吻，第一次约会……他在意所有特别的日子，似乎这些仪式能宣泄溢出的情感。就算是分手，他也要用最极端的方式来祭奠过往，那就是离开北京。

李东晓生日，他会以什么方式来度过？张小沫回头看了一眼郭起坐的那辆车，他坐在副驾驶上发微信。他在和谁发信息？张小沫不知道。郭起和自己说过，自从认识了张小沫后，他就没有和其他女人有关系了。郭起做到了一个足以炫耀的男友的所有细节，包括张罗张小沫表姐的婚礼，但是唯独缺少真正的关系。这关系重要吗？重要！如果没有这个关系，所有的男友力，在张小沫看来，随时可以属于其他人。

她用伤害李东晓的方式，来接受被郭起伤害。她收起了手机，没有把最简单的四个字"生日快乐"发出去。她没有资格给郭起过生日，也没有心思和李东晓说一声"生日快乐"。

"谢谢你一直顾及我的感受，谢谢你的保护。"张小沫最终把信息发给了郭起，虽然郭起没有爱上自己，但是他没有爱上别人，没有让自己歇斯底里地去感受什么叫失去，没有失去就是一种拥有，不是吗？

张小沫这样安慰自己。

在婚礼现场，郭起就像是自己的男朋友一样，和表姐夫称兄道弟，喝得酩酊大醉。表姐没有抛花球，而是走到张小沫面前，把花球递给她，众姐妹散开。

"我现在唯一的希望，就是我的好妹妹张小沫能找到自己的归属，她是一个非常勇敢的女孩子，可以为了自己所爱，付出一切。好女孩一定会有好的归属，谢谢我的好妹妹。还有，要谢谢今天到场的郭起，不但赏面到场，还把整个婚庆都包了下来……"

捧着花球像傻姑娘一样站在台上的张小沫偷偷看了一眼郭起，他玩着手机，没有回应台上的热闹。热热闹闹的婚礼，就这样在兄弟团全部倒下后宣布结束。表姐夫跪在郭起面前泪如雨下，表姐拉住了表姐夫，往外拽。

张小沫也上前拉住了郭起，一群人回到酒店。她看着郭起的脸庞，郭起剃过的胡子又没有剃干净，在鼻下飘着两根不起眼的胡子。张小沫庆幸，郭起一定还没有女朋友，不然亲热的时候一定会发现他这两根被刮漏的胡子。

　　郭起站在房门口，头靠在门上，没刷卡。

　　"郭起……"张小沫上前扶住他。

　　"你先进房间吧。"郭起背对着她说。

　　"……"

　　等张小沫关上隔壁房间的门口，郭起才刷卡推开门。张小沫会以为喝多的郭起，或许会和自己暧昧一下，可是，这一切都被郭起刻意的停留打碎。他是害怕自己鲁莽地硬闯进他的房间吗？张小沫自尊心又被翻了出来，赌气回到了自己的房间，像每次可能发生质变的机会一样，都是以失败告终。

3

　　"东晓，生日快乐！"陆凯的短信来了。

　　李东晓看着手机上提醒的下拉的横幅，没有点开去看，更不想回复。满目疮痍的 30 岁生日，一地鸡毛。这一年失去了最爱的人，失去了最好的朋友，失去了心心念念的首席记者……

　　李东晓常在百度里搜索自己的名字，而今，搜自己的名字全是和无良记者挂上钩，为什么蛮不讲理可以碾压真相。当人肉搜索发生在自己身上时，才发现原来这么可怕。

"东东，晚上带你去一个地方。"

李爸爸不知道什么时候出现的，盘着手头靠在门框上。刚在饭桌上，李东晓就心事重重。

"不去了，我想好好静静。"

李东晓没回头，盯着夏语晴送的礼物。黑曜石若真的能挡掉灾难，它是否正在进行着自己的使命呢？

"东东，你看你回到深圳也没陪爸爸走走，爸爸带你去一个地方。"李爸爸是铁了心把李东晓拽出门的，眼看他每天躲在楼上的房间里。

"爸，你真的很烦，让我安静一下不好嘛，我真的好累，好想安安静静地休息一下。"李东晓蹬了一下旋转椅子，转过来和爸爸说。

"你还记得你小时候去的香蜜湖水上乐园吗？咱们从红荔路穿过去就到了，我们去看看。再不看，可能就要拆掉了，你知道吗？那里以后会建成一个超级大的 CBD。"

"那不是闭园了吗？"那都是李东晓小时候的记忆了，游乐场早已荒无人烟。

"我知道一条小路。"

水上乐园一片漆黑，一路之隔的香蜜湖美食城灯火通明，把乳白色的过山车轨道照得亮堂堂。

"东东，我们翻过去。"爸爸拍拍手掌，和李东晓说。

"嗯。"李东晓冲着爸爸笑了一下，就翻过了围墙，伸手过来拉爸爸。

小时候玩的过山车就在眼前，破败不堪地立在湖边。

"我怎么觉得有点恐怖？"李东晓指着废墟当中一个小泥墙，上面写着"快餐店"三个字，这里荒无人烟。

"废墟嘛，这里都没有人来。"

"市中心有这么一个废墟还真的挺浪费。"

李东晓感慨着，小时候还没有欢乐谷，唯一的游乐场就是这里，这里装载了最早一批深圳孩子的童年。每逢儿童节，爸妈就会带李东晓来坐过山车，"爸，你看，摩天轮。"

摩天轮的车厢里，全是沾着水的枯枝败叶，散发着腐烂的味道。踏上去，摇摇晃晃发出"咯吱咯吱"的响声。

"中间有一个梯子，我们爬到中间去。"爸爸提议道。爸爸有点反常，从小到大，稍有危险的事情，都不让李东晓做，今天居然要爬这个梯子。

"嗯。"李东晓兴奋地往上爬，梯子好长好长。

"东东，小心，别着急，慢慢爬。"

"好咧！"李东晓大声回答爸爸，迎面吹来清爽的风送入嘴里，慢慢消散。

站在圆心的平台上，香蜜湖的夜景尽收眼底。李东晓没有经历过小渔村的破旧，从记事起，深圳就以最快的速度，高楼大厦拔地而起，深南大道从上海宾馆接上，一直修到了宝安。

李爸爸，一个深圳本地的村民，却像所有的闯深一族一样，在这个城市打拼自己的一片天地。这一切，都源自自己曾经做过的一个错误决定。

七十年代，因为求奇村太穷，一心想摆脱穷境的李爸爸偷渡到了香港，在码头当搬运工，希望可以留在香港。后来，在报纸里得知内地改革开放，深圳就是试验田，他又跑回了深圳，回到了求奇村。求奇村的地早已被村民瓜分完了，连村里的工厂分红都已经各有归属了。现在李东晓家里住的房子，是爷爷奶奶"借"的。村民们都没有念过什么书，勤奋好学的李爸爸就帮忙处理村里的事务，成立了求奇村股份公司后，也就顺理成章地成了总经理。

同样是村民，李爸爸像一个村里聘用的员工一样，靠着一份薪水度日。同为深圳本地人的李妈妈，从沙头角嫁到了求奇村，也是因为被李爸爸的年轻有为所吸引。这也是日后两人争吵的固定导火线，因为村民的福利，李爸爸一点都没沾到光。

这些故事，都是从李妈妈零碎的念叨中，整理出来的。李爸爸从来没有和李东晓说过这一切，即便是极力劝他回深圳，也没提这段覆辙。

李东晓借着马路对面的灯光，看着自己的爸爸。已经快六十岁的他，几根白胡子掺杂在嘴唇上，白发也像抢占地盘一样，散落满头。

"爸，谢谢你，我心情好多了！"

"东东，你今年30岁了，或许这就是在你的而立之年，给你的考验，这个世界上的一夜长大都是残酷的，我想让你永远不要有这种痛苦，但是毕竟这就是人生的必经阶段，不管错过了什么，还是遇到什么困难，都不要低沉，当你迈过这个时期，回头一看，会发现自己完全不一样了。"

此刻，李东晓觉得爸爸就像是《麦兜》里的麦太，一样的坚强，一样的爱着儿子。

"东东，你还记得小时候爸爸常唱的那首歌吗？命里有时终须有，命里无时莫强求……"李爸爸哼起了许冠杰的《浪子心声》。

"人比海里沙，毋用多牵挂。"李东晓接过来唱了起来。

"君可见漫天落霞，名利息间似雾化。"两父子相视而笑。

泪水早已布满了李东晓的脸颊，顺势而流，"啪啪啪"地落在白色的球鞋上。三十而立，李东晓自觉不立。人生只有经历过突如其来的繁华和荒凉，才会成长，才可以淡然地面对自己的人生。

没有人会知道，在这个废弃的摩天轮上，一个父亲用这种方式给自己的儿子过三十岁的生日。摩天轮转一圈，这个世界就出现一个奇迹。

那些散落在脚边的繁华，见证了谁的果敢？

4

夏语晴从机场打了一辆车到市区，司机嚼着口香糖，一口京片子唠嗑着国家大事。刚落地就能感受到北京的热情，如果不是司机非要拼四个人上车的话。

夏语晴被挤在后座，胸前抱着背包和司机搭腔。

有一个姑娘说："师傅，我们去不同的地方，车费怎么分摊呀？"

"每个人付自己的，我现在开始打表。"

夏语晴本想在出租车上继续飞机上没有补够的睡眠，一听到司机霸道的计费方式，就没忍住翻了一个白眼，凑到司机后面，说："哇靠，师傅，你这就不厚道了吧，我们四个人挤在一辆车上，还要付四个全程的费用吗？"

"小姑娘，你想一下，如果不是收四个车费，我干吗在这里等大半天呀，我拉上一个就走了。"师傅理直气壮地说，口香糖嚼起来发出"喳喳喳"的声音。

"这也太贵了！"

"小姑娘，这怎么贵呢，你从机场到那里，就是这个钱。"

算自己倒霉吧，夏语晴继续翻着白眼心里念着。

"小姑娘，你是来工作的吧？"

"嗯。"

"你一看就气质不一样，看起来特别有星味。"

"明星会这样拼车吗？"

"那你是主持人？"

"嗯。"

"哪个台的？"

"特区台。"

"天呀，你们特区台来出差居然住在快捷酒店呀？你还是主持人，怎么能不住五星级的酒店呀？"

如果是品牌商邀请的活动，确实每次都是五星级的酒店，可是台里出钱的，那就另当别论了。而且，这次连住快捷酒店都是金总监自己掏钱来住的，美其名曰就是节约成本多跑几个城市。夏语晴是主动请缨到北京参加校招的，没好意思自己订酒店，就索性大队了。

面试就像是走过场，同质化的学院派太多，腔调很高，梦想很大。夏语晴不知道从这批同学中招到的编导有多少能接受现在每况愈下的台里的工作。看着这些对自己职业规划侃侃而谈的应届毕业生，夏语晴想到了自己刚进台里的情景，慢慢被打磨，然后接受更低阶的理想，就像小时候的公主梦，长大了能当个幸福的主妇已经是奢望。人越长大，理想的标准降得越低，在落差中伤春悲秋，然后在随波逐流中寻找下一阶的幸福。

"语晴，晚上和编导系的主任去吃饭，你也一起吧。"金总监收拾好一沓简历，装进大号的布袋挎包里。

"金总，我晚上要在北京见一个朋友，就不和你们吃饭了。"夏语晴伸了一下懒腰，把圆珠笔放在桌面上，拎起挂在椅子靠背的风衣。

"那好，那明天见。"

金总出去找系主任了，夏语晴看了一下表，和郭起约的时间还早，就在附近随便转转。

从德胜门走到后海的酒吧街，在地图上看，就那么一点距离，夏语晴穿着平底鞋感觉薄薄的鞋底子都快要磨破了。与其说，想见郭起，不如说，夏语晴最想见的是张小沫。除了这个，想不到别的方法帮李东晓。尽管粉丝健忘的速度真的快得可以，但是这是李东晓过不去的一道坎。

以前每次来北京出差，都是和郭起约在后海喝酒。游人多过客人的后海，站在路上就能看到酒吧里驻唱的歌手弹唱着熟悉的曲子。堵在路上的，都是站在门口拍照的游客，坐在里面的客人倒是稀稀拉拉地分布在各个角落。郭起早期就是在后海的民谣酒吧唱歌，现在还有酒吧的股份，只是不常来罢了。

郭起一袭到膝的黑色长风衣，没有戴墨镜和口罩，只是头发没有往后梳，用刘海挡住额头，这样比较不容易被粉丝发现。老板把位置安排在小阁楼上，是一个可以看到别人、别人难以注意到的位置。张小沫坐在面对门口的位置，玩着手机，不咸不淡地和夏语晴打招呼。

只要是未婚的年轻姑娘出现在郭起面前，张小沫都觉得是威胁，她坐在两人之间，不时盯着郭起的反应。张小沫嫉妒夏语晴，嫉妒她比自己更早渗入郭起的过往。郭起对张小沫来说，就像一本搁在书店里的畅销书，读者席地而坐就能看完，心满意足地觉得赚了拍拍屁股走了。而张小沫对郭起来说，就是一本现代汉语词典，看起来很重要，放在家里的书柜里供着，沾满了灰尘，连翻都不会去翻开。

"好朋友，张小沫。"郭起介绍道，"你们在深圳见过的。"

"你好，夏语晴。"夏语晴举起酒杯，就自己干了一杯。

酒吧里唱着郭起的《小向往》，歌手面对这空荡荡的座位，以及门外拍照的游客，深情地唱着。当年的郭起，也是这样，是酒吧的揽客招牌。一遍又一遍，日复一日唱着满大街的流行歌曲，唱过再多遍，对路过的游客来说，那就是第一次的新鲜。如果郭起没有红，抱着吉他站在酒吧舞台上吟唱的，还会是他。

"我们来玩一个游戏吧，咱们不要喝洋酒，喝白的吧，这个游戏很适合喝白酒。"张小沫提议道。

"在酒吧里喝白酒，会不会不好呀！"夏语晴真的想当场翻白眼，但是苦于是要来找张小沫帮忙的，也就答应了。

"还好还好，我表姐结婚时，有几瓶放在郭起的车上，我就拿了一瓶来了。"张小沫低下左肩，伸手在桌底下把一瓶布袋装着的茅台放到桌面。

"这样，我们把白酒和纯净水倒在杯子里，选白酒就喝白酒，选到纯净水就喝纯净水，怎么样？"张小沫喜欢把自己喝醉，只有喝多了，才敢和郭起说心里话。而郭起第一次吻自己，也是喝多了。只有在大醉过后的后海，郭起才是自己幻想中的郭起，可以在他面前肆无忌惮地任性下去。清醒的郭起，又会变成冷静寡淡的绅士。

"那我负责送你们回去吧，你们俩玩。"郭起拿来了小酒杯，拧开放在桌面的屈臣氏矿泉水和茅台，往杯子里倒着，然后打乱了顺序。

"那好吧。"

张小沫无奈地拿起一杯，白酒的呛味扑鼻而来，条件反应地咳了起来。夏语晴第一杯是纯净水。第一轮是十杯白酒，十杯纯净水。夏语晴喝了四杯白酒，张小沫喝了六杯。在表姐婚礼上喝的酒还没有散去，张小沫满脸通红，酒气滞在脑门，沉甸甸地压得透不过气。

经过两轮的"厮杀"后，郭起摇晃着茅台的瓶子，说："可以了，没有了。"张小沫没占到便宜，几乎是两人对半分了一瓶酒。好在偶尔抽到纯净水漱漱口，不然张小沫可能真的要去厕所里吐起来了。

"不行，夏语晴，我们继续喝。我们喝洋酒，玩色盅。"

"张小沫，我可以加你的微信吗？有一些活动我们想找你们的记者帮忙报道一下。"夏语晴趴在桌子上掏出手机，翻到了正面，点开二维码。张小沫扫了一下，添加了好友。

张小沫在对话框里输入了一句话，发给了夏语晴：

"谢谢你没有提李东晓，他不知道。"

夏语晴收起手机，会意地笑了一下，拿起桌上的纯净水，拧开盖子，喝了一口水。她靠在桌面上，缓了一下，酒气慢慢散开，才点开张小沫的朋友圈。夏语晴的手指停在一张照片上，是张小沫表姐的结婚照。

站在表姐身旁的，竟然是这个熟悉的面孔——他？

郭起愣了一下，突然想到了什么，把钱包从风衣的暗口袋里掏出来，强作镇定地和张小沫说："沫沫，你先到楼下找老板把单结了。"

"郭起，这是什么？"

夏语晴拍了一下桌子，把手机画面递到郭起的面前，郭起没料到这一天来得这么快。咽了一下口水，抢过夏语晴手中的半瓶纯净水咕噜咕噜喝下去壮胆。

"就是你看到的这样，之前我也是不知道是杜尹浩，我也是后来才知道的。"张小沫下楼，郭起拉住夏语晴。

"靠！"夏语晴强忍着马上要夺眶而出的眼泪，趴在桌子上，没有说话。

"语晴，真的对不起，这一切我也是最近才知道，张小沫和她表姐来北京，我们才第一次见面，没想到张小沫的表姐夫就是杜尹浩。"

夏语晴搀扶着桌子站了起来，郭起连忙上前扶住她。埋完单回来的张小沫刚好看到郭起的手扶在夏语晴的腰上。她上前扶住夏语晴，挡开郭起："我来扶就可以了。"

"你走开。"夏语晴用手指夹住自己的手包，食指指着张小沫，又指着郭起，"你们都走开。"

"语晴，你喝多了！"郭起没有放开夏语晴，甩开张小沫，扶住夏语晴。张小沫完全不知道发生了什么，难道夏语晴和郭起有过非同寻常的关系？她绕过另外一边，拉住夏语晴的肩膀。

夏语晴松开自己的手，站好，看着郭起和张小沫五秒钟，啥都没说转身就下楼。郭起跟了上去，张小沫在后面念叨着："夏语晴是不是误会什么了？"

郭起看了她一眼，扔下了一句话"你打车回去吧"，便追了上去。张小沫顺势倒在椅子上，来不及问究竟发生了什么，郭起就跑了。酒吧里，民谣歌手又拿起了吉他，又有新到的顾客点唱了郭起的《小向往》。她想起了大学刚认识时，和李东晓推荐过的歌。如果没有郭起，或许和李东晓已经在大家的祝福声中牵手走入了婚姻的殿堂。这个世界这么多的道德绑架，也抵不过一句我爱你，在明白了什么是爱的那刻。世界再大，也只要求一点。

"张小姐，这瓶酒是要存吗？"服务生上来阁楼，见张小沫就问。

"不存了。帮我拿点冰块上来。"张小沫往杯子里倒了酒，还没等冰块来，就喝掉了一口。和郭起在一起，还没有经过感情的新鲜期，就进入了"老夫老妻"的状态，尽管这只是张小沫的幻想中的关系。他能感觉到郭起见到夏语晴的眼神，浑身细胞都被唤醒激活，这是荷尔蒙的味道，男人和女人的交融在空气里的暧昧。

5

石头在朋友圈里晒出了自己已经上交的记者证和《北报》工作证，在朋友圈里写道：很多人离开都会骂，但是我没有，我今天所有的一切，都是报社给的，这是我最好的六年。

这是离职离得最正能量的媒体人，李东晓在心里给石头鼓掌，在朋友圈里给石头点一个赞，点开对话框，问道："石头，你离开北报了？"

石头回复："是的，我朋友在深圳开了一家文化公司，我准备去深圳发展了，以后多关照。到深圳后联系。"

李东晓刚要回复石头，办公室里就响起了老孙的尖叫声。

"李东晓，你不要玩手机了，天天不思进取，也给足你时间去处理事情了，快来挑选题，你再不调整好，谁都保不了你。"

老孙双手叉着腰，双脚像一个马上要画圈的圆规。

李东晓赶紧放下手机，跑到老孙的座位上。

小博穿着低腰裤，把包架在翻过来的手腕上，没看李东晓，把手机递给老孙："孙主任，我要做这个选题。"

老孙拿下眼镜，接过手机。问小博："你这个打算怎么做？"

"我觉得吧，校园暴力事件本来就是很多家长想看的，本来看我们报纸的年龄都偏大，和孩子相关的，他们都非常感兴趣。校方为何不处理这个学生，任由他一而再再而三地伤害其他的孩子，校方的责任不可推卸。"小博分析道。

"我觉得吧，这个孩子可能会有一些特殊的地方，比如说会不会有什么隐情？我觉得校方未必是真的没有管，而是有难度。最好是先别下结论，不然会惹来很多麻烦。"李东晓还没等老孙表态，就搭腔了。

小博先是胯部转了过来，两秒后，脸才转过来，一脸反感地盯着李东晓：

"李东晓，我怎么觉得你这个人怎么这么欠呢？我这是和领导报题，不是和你报题，你懂不懂得长幼有序，整天瞎逼逼，你先把你自己的屁股擦干净好吗，你还嫌惹的麻烦不够吗？"

"得了得了，你们俩也是的，脾气怎么都这么大，有什么事我不能帮忙解决的，真是的，小博，你先去采访吧。"老孙挥了挥手，小博的实习生马上过来接过包，护送着大明星出了门。

老孙见小博走远了，神秘兮兮地说："你知道那些老员工对你意见多大吗？就像小博……算了不说了，我都找他给你说了好多好话了，说新同事要多照顾，人家小博还特别懂事。"

"谢谢孙主任，我会注意的。"李东晓真的搞不懂小博哥怎么就对自己有意见了，自己还是他介绍来晨报的。难不成是因为自己哪方面没做到位？可是，该做什么呢？李东晓又开始在琢磨。

"你走什么神，把心思都放在工作上。"老孙不知道什么时候学的夏语晴，也翻了一个白眼。

"哦。"

"你去梅林农批找一个大妈教大家挑梨，我在一个公号上看到梨还分公母，特别有意思，你就做这个。"老孙找到了一个帖子，把手机递给李东晓。

"孙主任，我想做一些深度新闻，社区新闻我不太熟。"李东晓没有伸手接过手机。

"怎么就不熟了，多做就熟了，我们的记者就是全能的，不能挑，快去。"老孙又把手机往前递了一下。

"我能不能自己找一个选题，我真的不喜欢写这种稿子。"李东晓把手机放在桌面上。

"你是嫌弃低端是吗？现在看报纸的都是大妈大爷，你不做对口味的题，谁看？"老孙把手机拿了回去。

"可是突然做这个也很奇怪。"

"怎么奇怪了，快过年了，教大家挑年货。"

"离过年不是还远着吗？现在这个时间点不对啊，如果做梨分公母，也要有相关的新闻事件才能做延伸，我觉得力度还是不够。"

"李东晓你是来抬杠的是吗？"

"不，孙主任，我只是觉得咱们看报纸的都是比较有文化的，你想想那些大妈们看韩剧都看到哭得稀里哗啦的，不是我们想的那么低端……"

"打住，李东晓，我不想和你说，你照做就是了，能做就做，不能做就滚蛋。"

李东晓想争取一个好题，结果老孙就一直给他派最软的题，社区包饺子大赛、用什么方法洗掉衣服上油渍最有效、厕所里放什么除臭效果最好……习惯跑纠纷的李东晓，想尽了形容词都没办法写好这种稿子。难道这就是所谓的雪藏吗？李东晓垂头丧气地拿着自己的背包，去找摄影记者。

第八章　爱情的航母要驶离，而自己也无处抛锚

自作多情地看一堵墙，也会以为这是一张将破不破的纱，站在对面的人欲拒还迎。直到用了铁榔锤歇斯底里地敲出一个洞，才发现对面根本没人。

1

机舱里空姐提醒关机，张小沫给李东晓发了一条微信，说自己申请回深圳记者站了，负责粤港澳的娱乐线。她关了手机，期望着到深圳宝安机场时，李东晓能出现。飞机上响起孙楠的《缘分的天空》时，落地深圳了，张小沫从包里掏出手机，开机。只收到李东晓的一条"晚饭和石头有约来不了"的消息。

一月末的深圳。下雪了。

张小沫难以忘记，第一次在北京见到雪的李东晓，像个孩子一样在不到一厘米厚的雪地里乱叫。深圳下雪的消息，在大学同学的朋友圈里炸开了锅。她点开了屏蔽的朋友，李东晓在朋友圈里发了一篇自己采写的文章，这是霰不是雪，不过似乎没有办法阻挡大家的热情，共同朋友在下面的评论异口同声地说："我不管，这就是雪。"

李东晓很较真地在朋友圈里和大家解释，什么是霰什么是雪，如何区分霰和雪，霰和雪有什么区别。

呵呵，他还是没变。

在接机层，连一个正儿八经的餐厅都没有，因为没有人会在离开机场前吃饭。张小沫摁开了电梯，上到出发层，在一家港式茶餐厅花了 108 块吃了一个咸蛋三宝饭。离开郭起，一定会很可怜，可是没有离开郭起，可怜是没有尽头的。张小沫最终还是选择了离开，用李东晓离开自己的方式，离开郭起。

终于可以不再计较，躺在郭起胸脯上的是什么样的女人了。

当你选择离开了，才发现，其实自己也并没有这么深情。那些你以为的难忘，或许在对方看来，不值得一提，郭起甚至没有再问起过。

张小沫以为郭起费心张罗了婚礼，是因为自己，岂料表姐夫是郭起的好朋友。自作多情地看一堵墙，也会以为这是一张将破不破的纱，站在对面的人欲拒还迎，直到用了铁榔锤歇斯底里地敲出一个洞，才发现对面根本没人。

回到这个熟悉的城市，世事苍凉，浅薄的缘，短如春梦。这个城市变陌生了，陌生到开始下雪了，陌生到连欢迎自己的仪式都省略了。大学报到时，在老的宝安机场航站楼，还会有学长学姐帮自己提行李，还会有妈妈的陪伴。

深圳是一个适合重新开始的城市，你可以选择任何方式生活。张小沫翻了朋友圈，找到了一个人。

"来机场接我！"

她发了一条微信，她只是不想让自己太难过。

没别的。

李东晓把石头约到了深圳遍地开花的椰子鸡专门店，不知道什么时候开始，椰子鸡店已经成了深圳的特产了，尽管这个特产叫海南椰子鸡，逢来深圳的朋友都指定要吃。石头还是不太能习惯清淡的味道，腊味煲仔饭里的锅巴倒是啃得津津有味。

石头见到李东晓时，已经在深圳找好了房子，而且就是住在新闻路的明德公寓，公司补贴了两千块租房。石头神兮兮地告诉李东晓："现在的工资是在《北报》时的这个数。"他伸出了三个手指。

黝黑的皮肤，撕开一排雪白的牙齿，就像他的新生活一样，打开了一个全新的口子，来接受南方充足阳光的滋养。

"东晓，你不出去走走都不知道这个世界有多大。"

石头来面试时，还是人力资源总监直接和他谈薪水，石头心想既然如此就往高里报，年薪 25 万，可是人家毫不思索地答应了。石头悔得肠子都青了，毕竟这不是报社呀，怎么能拿报社的工资来比呢，应该报得更高，"深圳在这方面就是讲究，你知道我一个朋友，常春藤毕业的，去大疆面试，就那个无人机的公司，你知道吧？都要经过六七轮的面试，整个公司全部是国外一线名校的高材生。"

十年前，高考文科状元分为三种，一种选新闻，一种选金融，一种选其他，若毕业后能进媒体就算是光宗耀祖了。当年这批光宗耀祖的天之骄子，听到周围朋友在腾讯、大疆、华为、阿里巴巴、华大基因工作时露出的表情，就是当年别人赠予他们的。羡慕这种东西终究是礼物，收了别人的，迟早要送出去。

夏语晴、小博都是当年的地区状元，响当当的名牌大学毕业，可是拿着微薄的薪水，靠自己强大的内心度日，美其名曰——新闻理想。原本高调的小博，经历了低工资和同期同事的晋升，用退避和不屑一顾的方式远离了主流，在保全颜面的同时，也被边缘化了。

"你还记得，当时我们跑两会时认识的深圳记者吧，小博哥，他很优秀，可是也还留在报社。"

听到小博的名字，石头局促地弹了一下刚刚弹过的烟头，结果烟头弹断了，燃烧着烟草的一头，连着烟纸藕断丝连地挂在一起。

"快翻过来吸一下，这个不太吉利，烟头断了表示另一半出轨了。"李东晓开玩笑地说。

石头没有吸起来，用碟子的边边勾掉烟头，重新点着了烟。

"东晓，你们广东人香港人真的是我见过最迷信的。"石头把头偏向一边，"我离婚了，也是因为离婚才离开北京的，去年一整年，我都被各种事情缠身，我都觉得我快活不下去了。"

"也不全是坏事吧，你看去年咱们部门的首席是你，现在又换了新工作，薪水翻了几番，否极泰来不过如此，慢慢会好起来的。"李东晓安慰着石头，往锅里放炸响铃卷。

石头喝了一口劲酒，抿着嘴唇，见服务员进来，赶紧把烟藏到桌底下。在包间里抽烟，也会被服务员劝阻的。

"谢谢你，以前在北报社我就服你，你的专业最好，你要是去做新媒体肯定了不得，你的思维就是新媒体的思维，你逻辑非常的缜密，而且常常有惊艳的点子。"

李东晓其实也去找过别的工作，不过是屡屡碰壁，不是别人瞧不上自己，就是自己瞧不上别人。一贯以优秀示人的李东晓，实在没有耐心继续求职。

"那又怎么样，我现在在报社，每天做的选题都是大妈选题，我一个没有生活常识的年轻人要在报纸上教大妈们怎么生活。你知道吗，我前几天还做了一个选题教大妈们怎么挑梨，这梨啊，还分公母，这个你不知道吧？当然了，你估计也不想知道。"

"你一个暗访记者，做这个太屈才了。"

"暗访？连明天一大早去梧桐山拍雪景，我报的题，都安排的是别的记者去……"

……

石头给李东晓一个"作业"，便是想一个车载麦克风的方案——准确说通过什么样的炒作能占领新闻头条——报酬是 2 万块。

"2 万？"

"嗯！"

"就一个点子？"

"嗯！"石头嘴角上扬，点点头，"这算什么，随便一个炒作的案子都是几十万几百万，刨除渠道的打点，就是创意最值钱。"

和石头告别了后，李东晓就在新闻路上踱步，想着该怎么样策划这期营销事件。

"东晓？"

张小沫拖着行李，走在明德国际公寓楼下，她一直幻想着在这里能见到李东晓，晃动的眼神就像是慢慢对焦，停在那个熟悉的身影身上，他甚至身上穿着在北京冬天的衣服。李东晓转过了身子，没有走上前，甚至没有热情。

"诶，你怎么在这里？"

张小沫以为，和李东晓重逢，会是惊天动地的方式。没想到会是这般惨淡，在小牛杂的门口，明德国际公寓的拐角。已经打烊的小牛杂，半盏橘黄色的灯光照在李东晓半边脸上。最熟悉的陌生人，谁也没有上前一步。

没有雪的新闻路，两个像雕塑般伫立在街头的男女，他们不过五米的距离。这五米，像是一辈子的遥远。原本以为，再也不相念，再也不相见。可是，拥挤的新闻路，怎么会不见呢？张小沫租的房子，就在新闻路上，这是她除了深大那一平方公里荔枝林以外，最熟悉的地方。她原本以为，一毕业就会在这条路上，和李东晓一起工作、生活，甚至想过，结婚那天，要穿着婚纱从新闻路东头走到西头，然后走进李家的老屋。中间这五年，像是被偷走的五年，和离开深圳时的情景无缝地对接起来。

那路。那人。那梦想。像是从未离开过，又恍如隔世。

"我住在这楼上，我们的粤港澳记者站就在新闻路的华富大厦，是我这边的同事帮我租的房子，刚去拿了钥匙。"张小沫往明德国际公寓的方向甩了下手中拿着的包。

李东晓依旧没有上前接过行李，张小沫愣了一下，用高跟鞋的鞋跟轻轻踢了一下行李箱的底部，抓住箱杠，往相反的方向走去了。迎风而落的泪水，晶莹地聚拢在眼帘上，看着如万花筒般的新闻路，大树挡住了风光，挡不住风情。新闻路上的转角，一别就是人生的一幕，两人的故事，或者就真的翻到了封底。

"我帮你拿行李上去吧。"那一把低沉的声音在背后响起，张小沫抹去眼泪，转身把行李交给李东晓。

李东晓接过行李箱，走在前面，保安杨叔见到他，就上前说："你女朋友刚出去，你带卡了吗？要不要帮你刷电梯。"

明德国际公寓没有围墙，连电梯都要刷卡，而且只能刷到住的那一层。

"谢谢杨叔，我……我……朋友今天搬来明德住，你帮她刷一下卡。"李东晓有一些尴尬，杨叔总以为夏语晴是自己的女朋友。张小沫已戴上了墨镜，遮住了眼泪晕开的妆。

"我有卡。"张小沫从包里翻出了钥匙串和门禁卡，晃了一下。

"那我走了。"

李东晓把行李交给杨叔，就转身离开。明德国际公寓是三栋连在一起的35层公寓。这里就像是大学宿舍的延伸，夏语晴、小博哥、石头、张小沫都住在这里，老孙说过，没有买房子的媒体人，大多有住在明德的经历，他也在明德租过房子。这里像是每个媒体人的跳板，总有一天会飞出明德国际公寓，然后成家立业。而李东晓的房子，就在这里，未来会看着很多人来了又走。

2

小博五点出门去梧桐山采访，回到报社还是早上的七点半。摄影记者把照片导进电脑里就回家了，小博掂量着九点要签到，报社暖气也够足，就在办公室的午休床上补个美容觉。

平常大家午觉，都是在自己的卡座里把简易床拉出来。小博怕睡姿不好看会被来上班的同事看见，便挪去了老孙的午休床。老孙的卡座在大柱子后面，卡座和柱子之间有一个身位宽的缝，钻进去就能看到柱子的侧边放着一张床，三面是办公桌的挡板，一面是大柱子，平常老孙就是在这里午休的。

　　简易床上的被子还有一股瓜子味，边上还有几瓣瓜子壳，小博嫌弃地换了自己柜子里的被子和枕头，躺了下来。每逢气象新闻，都是在梧桐山采访，每次都是小博跑，只不过，这是唯——一次跑完新闻还得回来签到的，老孙不怕你稿子写得不好，就怕你没出现在眼皮底下。小博每次都要七点半起床，用一个小时"梳妆打扮"，然后用半个小时的时间，踢着猫步的姿势从明德国际公寓走到报社，尽管只是不到一百米，但是小博要美美地走出来，见得光的部位都不能马虎。

　　五点出门出去采访，小博是四点起床的，困得单眼皮都变成内双了，还来不及翻身就睡着了。梦里迷迷糊糊的，不知道是不是错觉，一大早就有人在大声说话。

　　"你儿子呀，是一个好苗子，坏就坏在缺乏磨炼。不说你都不知道，他刚来晨报的时候，和前辈们关系特别紧张，前段时间就和我们一个前辈犟了起来，人家是老记者，复旦新闻系毕业的，论资历论实力也不比他差，也不给人家台阶下，人家对他意见特别大。他就是不大会处理人际关系，自小就在比较好的环境下长大，不懂人情世故。"

　　小博迷迷糊糊中，听到老孙在和谁说话，好像说到了自己，那颗八卦的心就停不下来了，竖起耳朵听两个人的对话。

"是是是，谢谢孙主任的照顾，我那儿子没有吃过什么苦，多得您的提拔，您看您就是年轻有为，年纪轻轻就当上了主任，您得多多关照，给他传授点经验。"耳听是一个五十多年的男子，在和老孙说话。

"我连自己家的孩子都没有这么费心思，特别犟，不过呢，他有他的优点，就是不爱去争那些有的没的，不像一些家里条件不好的，就是媒体上常说的那种凤凰男，家里条件不好的，特别喜欢什么都要去抢，他呀，就是心眼好，耿直，就是缺乏打磨。"

小博气不打一处来，老孙就是凤凰男一个，怎么还看不起凤凰男了，家里条件不好怎么了，谁说要争要抢。小博为了不被发现，直到老孙拿起水杯往开水间走，频率特快的脚步声慢慢变小后，才起身拿着自己的枕头和被子踩着轻轻的步子回到自己的座位。

"爸，你在这里干吗？"

李东晓一大早被小博的短信催促来帮忙，提前赶到了报社。李东晓有"时间洁癖"，总是踩着点上班，多一分钟会觉得浪费，迟到一分钟不可能，出门早就慢慢走，出门晚就跑。没想到在报社就撞见了李爸爸刚好从报社的电梯里出来。

"喔，没事，刚好来你们报社办点事。"爸爸腋下夹紧了公文包，被要进电梯的人流撞个趔趄，抓着瓜子的手掌松开了一下，便走开了。李东晓没来得及问他，便上了电梯到了四楼。

办公室只有小博一个人在，老孙的椅子上放着他的腰包，桌子上堆满了花花绿绿的东西。李东晓正准备去看个究竟，就被小博喊了过来。

"东晓，你过来。"小博神神秘秘地看一眼老孙的位置，接着低声说，"我和你打听一件事，老孙是不是让你评价过我？"

小博本来就觉得有些事越想越不对劲。

"评价？嗯，有这么回事，还问我觉得小博哥是一个什么样的人。"

"你怎么说的？"

李东晓把和老孙说的话，重复了一遍给小博听。

"没了？"

"没了！"

"哟哟，老孙这个老油条，我就知道，我知道我肯定中计了，他让我们俩互相评价对方，结果传到我耳朵里的是，你觉得我只顾着打扮不顾工作，我当时就炸毛了，后来我发现不对呀，这不太像是你说的话，而且，我发现你也对我有误解。老孙还来扮好人，接着来缓解我们俩的关系，他把这个当做我们依赖领导的出口。好在我刚听到他和你爸爸的对话，我才知道。"小博说完，拍了一下手掌，悔呀，终究还是玩不过老孙。老孙就是一个找存在感、骗人情的老油条。

"我爸的对话？"

"嗯。"

李东晓走到了老孙的卡座前，桌面就是爸爸收藏的股票。原来爸爸是来找老孙的，桌面上是一套五张的纸质股票——深五股。1992年股票实行无纸化后，这些纸质股票都变成了古董。这些股票都是爸爸90年代中期，骑着自行车带着李东晓到各个废品回收站捡回来的，每一张股票都被老爸视如珍宝，放在家里专门用一个房间来收藏，平常藏友来看都是只限在收藏室看，从来没离开过收藏室。

听见老孙频率极高的脚步声，他赶紧回到了自己的卡座上。

"小博，我刚在开水房接到一个电话，你猜是谁打来的？分局打电话来说，事主要给你送锦旗，你帮人家追回了50多万的钱呢，立大功了。"

老孙拽着手机，把水壶放回到卡座上，一点都不顾自己的身份，连蹦带跳地走到小博面前。

"恭喜啊，小博哥，好厉害。"

老孙才看到李东晓，说了一句："东晓这么早来上班呀。"便匆匆回到了自己的卡座。

事主十点半到了报社的大堂，带着新做的锦旗。老孙安排了李东晓写一篇文章来歌功颂德，要大赞晨报记者和网警联手，帮事主追回了这50万，毕竟不是小数目。摄影记者拍完雪景就回家了，李东晓自己拿着一部相机就往楼下走。

事主见到李东晓的时候，笑脸像含羞草一样一碰就缩了起来。李东晓拍完照之后，送走了网警和事主，就直奔老孙的卡座。

　　"孙主任，我想问一下你，如果我打电话给你，说我是公安局的，让你给我转 50 万，你转还是不转？"

　　"我又不傻，干吗转。"说到钱，老孙智商上线，一毛不拔。

　　"你不转不害怕真的有事吗？"李东晓眼珠子盯着老孙。

　　"东晓，你在说什么呢？我可从来没做过什么亏心事，你知道，我既不贪污也不做什么见不得人的事情，我干吗害怕。"老孙一心虚，声音就特别大，像是给自己壮行。

　　"这就对了！"李东晓半个屁股靠在桌子上，侧身和老孙分析道，"我觉得，如果是老太太老大爷接到诈骗电话，一时被蒙骗，把钱转过去，我愿意相信，确实也有很多的案例，但是一个老油条，愿意相信诈骗电话，是不是有什么见不得人的事？"

　　"东晓，你这么说就有点过了，那你是说所有相信电信诈骗的都是因为屁股里有屎，都是因为做了什么不见得人的事情吗？"老孙嗑着瓜子，摆摆手不认同他。

　　"别人我不知道，我觉得这个事主有问题。"李东晓斩钉截铁地说。

　　"为什么？"老孙知道李东晓又要来劲了。

　　"因为他是秀泉医院的负责人！"

　　"李东晓，你别乱来，你就写一个表扬信，别的你别掺和，我和你说过了，你每天的选题我来安排，让你写什么就写什么。"老孙有点不耐烦每天这样被李东晓纠缠了。

"不是，孙主任，我觉得这选题很值得去深挖。"

"深挖什么呀？你这篇稿子是要告诉所有人，被骗的都是活该吗？你这什么三观。"老孙刚收了股票藏品，强压着自己的怒火没有进行人身攻击。

"不不不，孙主任，这个选题或许有另外的真相……"李东晓不依不饶地解释。

"你现在马上给我滚回你座位上写稿。"

3

社会新闻部的气氛，因为小博而经历了过山车。送锦旗的前脚刚走，送律师函的后脚已经踏进了报社。律师函是通过传真发到晨报的，直接发给了总编办。

老孙拿着传真回到四楼，绘声绘色地描述总编办主任是如何把传真甩到自己脸上，如果不是走得快，估计传真机也扔了过来。

"你们这群小孩，真是让人不省心！"老孙完全没有顾及和自己同龄的小博的感受，把所有人召集到会议室，开门见山就来了一句抱怨。

和锦旗一样，接收对象是小博。小博采写的校园欺凌事件，出现了重大的错误。校方认为，文章中大力批判校园小霸王的时候小博夸大其词，把家长的担心写成了事实，伤害了自闭症儿童。

"东晓，不好意思，要是那个时候不和你对着干就好了，死老孙，非要在我们俩之间挑拨离间。"小博回到座位上，双手按着太阳穴。

"算了，咱们知道就行，领导嘛，总爱找存在感，我们还是想想怎么解决吧。"

"都怪石头，转给我这种选题。"

"石头？是《北报》的石头吗？"李东晓记得，小博在北京的时候加了不少同事的微信。

"喔，是的。我看他在朋友圈转发这个求助，我才跟着去的。"

"现在很多的爆料都是这样，希望可以把记者当枪使，爆料时和事实压根就不是一回事，咱们还是要当心一点。"李东晓说完，突然又想起了两人的争执，低声和小博说，"小博哥，不好意思，我不是那个意思，我是说爆料人……太不厚道了。"

"东晓，没事的，你有啥说啥，我不会介意的，如果我当时不是和你斗气，或许我会认真地把采访做透了，平常我也不是这种敷衍了事的。"

"小博哥，你别放在心里，你的专业素养，我还是很认可的，就当这次是一次失误吧，我们看怎么能补偿吧。"李东晓写的表扬稿还来不及发出去，就遇到了这事儿。

4

临近年关，新闻路上的行人越来越少了。明德国际公寓不断有拖着行李箱走出来的青年男女，站在新闻路上打车，去高铁站、去机场。年末，是媒体圈最忙碌的时期。电视台各大新闻档日夜守着春运要塞，不需要加班的栏目，也要提前把节目赶出来。说是春节放假，不过是提前把工作挤压到年前做完。台里要搞春晚，频道要搞表彰，栏目要搞年会，夏语晴忙到可以在任何时候马上睡着，包括站着。

夏语晴中午把李东晓约到了星巴克，递给李东晓一个透明的文件袋。

"给，你要的资料。"

"这是什么？"李东晓接过文件夹，打开白色的扣子，把十几页刚打印出来的稿子取了出来，歪着脑袋看了一眼，"你怎么知道我要这个。"

"梁佳佳告诉我的，她吧，现在我还真的发现挺仗义的，像她这种耍心机耍得把自己卖了都不知道的女生，其实一点都不可怕。"自从梁佳佳离开了《滚蛋时尚》后，夏语晴和她的关系竟然开始缓和了起来。

"梁佳佳也太神通广大了吧，他对我的事情了如指掌，不会是她在网上发的料吧。"李东晓警惕了起来。

"不是，梁佳佳和小博哥在谈恋爱。"

李东晓把文件袋放在嘴巴前，瞪着眼睛看着夏语晴："这不可能吧？"夏语晴很得意李东晓的配合，自己听到这个消息的时候，也是大吃一惊。

夏语晴用舌头舔走了嘴角的咖啡，和李东晓说："不是所有娘的男生都是弯的，我和你说，敢在你面前娘的，几乎都是直男。"

夏语晴明白李东晓的吃惊里，还有一层别的意思。她准备了一宿的资料，早上在台里找到打印机打了出来，午觉也没时间睡了，还真的有点困，催促着李东晓赶紧看资料："快看，困死老子了。"

李东晓整理了一下纸张，一页一页地读了下去。这里有小博采访的电信诈骗案事主的全部资料，这个事主，正是当时和李东晓对质的"凸眼雄狮"——秀泉医院的合伙人张赟。资料里，对方和张赟的对话，以及张赟当时的心理活动，都描述得一清二楚，关键的字眼，都用彩色的标记笔标了出来。

"这是什么？"李东晓在文件袋里还发现了一个 U 盘。

"因为音频不能作为法律证据，所以我是在华强北买了一个偷拍器装在衣服的纽扣里，偷拍了我和张赟的对话视频。"夏语晴说道，看了一下手机，把咖啡杯里的黑咖啡一口喝完。

"你想得真的是太周全了，你最近不是很忙吗，还有时间做这么多东西，真是太感谢你了。"李东晓看着里面详细到每一个时间点都准确地标出来，心想这个房客还真的太靠谱了。

"别废话！"夏语晴打着哈欠，拿起包要走，"你自己琢磨一会儿，我真的要困死了，补个觉再回台里录节目。"

回到报社，小博正在收拾东西。微信群里已经发布了对小博的处罚，停职两个月，每个月只能发基本工资。李东晓把塞在夹克里的文件袋从脖子下的空隙中掏出来，刻意没有去和小博说话。

夏语晴准备的文件里，有一个使用提示的 TXT 文档：

东晓：

这里面有一份视频文件、一份音频文件，内容是一样的，我单独生成了一个音频，好让你听起来方便。视频文件留作证据便可。

语晴

张赟之所以怕事，是因为担心合作的公关公司出了事，心一急，便把钱给对方汇了过去。这笔费用，是从秀泉医院的宣传经费中取出的，刚好年末钱没有花光。夏语晴从梁佳佳嘴里听说李东晓咬着小博采访过的电信诈骗案不放，便以栏目拉广告之名接近了张赟。张赟被夏语晴极尽羞辱之能事的取笑后，解释了自己之所以上当的理由。

"我不是真的没有想到这是诈骗，但是当时心急想着息事宁人，就把钱转了过去了，你知道当时那种状态。"视频里的张赟解释道。

"张总，你还真的是很屎，换作是我，打死也不转，好歹你也是一个有头有脸的知识分子，怎么就会中招呢？"视频里夏语晴调戏着对方。

"哟，我的大主播，你这是没遇到而已，你知道吗？经过这一次，我发现了一个规律，基本上会上当的，都是知识分子，你要是骗那些低收入的，还真的不好骗。"张赟不服。

"你就说这些中招的知识分子屁股里都有屎呗。"夏语晴继续套话。

"事业做大了，你就不知道哪里会有漏洞，每天提心吊胆的。你知道前段时间，我们秀泉被消费者投诉的事情吧……都是这事儿闹的，光是公关费用就花了不少，专门从北京找了资深的媒体人来帮我们洗白呀……"张赟叹着气。

李东晓关掉视频，在网上把秀泉医院全年的新闻标题都打印了出来。秀泉医院唯一的一次公关危机，便是使用奥美定做隆胸手术。从 12 月中开始，网上的舆论就转向了李东晓和郭起之间的恩怨，粉丝开始大规模地扒李东晓的隐私。

答案和自己猜测的一样，慢慢地浮现了出来。还有一个不明白的，便是自己家里的事是怎么被张赟所掌握的？

"终于可以提前放假了，回老家过一个肥年，回来再顺便去赚点外快。"

小博见到李东晓，苦笑了一下。小博永远是这么要面子："你知道我在外面替公司写公关稿多少钱一篇啊？七千，我随便找一篇来写，就够一个月的工资了。"

李东晓觉得小博哥有时候挺像自己的，跌到头破血流，也要找一个漂漂亮亮活下去的理由。总是卖力地张扬着自己的个性，却又在乎别人的看法。

"那挺好的呀，小博哥你稿子写得这么好，赶紧积累自己的副业，把我拉出去一起创业。"李东晓附和着，跟着小博走到楼下。

在晨报社的大门口，小博站住了，指着脱漆的木质门牌问李东晓："你知道为什么晨报是 71 号吗？"

"这没得选呀？"李东晓挠着头顶着门牌号，没有发现有什么异常。

"错，新闻路根本就没有这么多楼，而且晨报社在中段，这个门牌是特制的。"

"特制？"

"嗯，当年晨报是传统媒体中的新生力量，是最有活力的都市报，年少轻狂呀，不服电视台，也不服日报，总觉得自己才是最厉害的媒体。你看，电视台在新闻路 1 号，日报社是 11 号，于是晨报社就自己选了一个门牌号——71 号，意思是气死 1 号，气 11 号。不过，现在也牛不起来了。"

"虽然说现在传统媒体生存艰难，但是理想是单纯的。"

"你知道媒体圈现在最火的词叫什么吗？"

"自媒体？"

"全媒体。"小博用手抠着门牌上的"1"，喃喃道，"或许有一天，我们会以另外一种方式实现自己的新闻理想。"

5

从报社出来，寒风飕飕的，李东晓把从北京带回来的厚衣服都穿上了，还是觉得冷。深圳的冷，带着潮湿的空气，无缝不入地灌入任何一处暴露的肌肤，然后迅速穿透全身。

农历新年马上就要来了。妈妈让李东晓下班回沙头角外婆家吃饭，他便叫了一辆滴滴专车。刚上车张小沫便来了微信："晚上到我家吃饭吧？来热闹一下。"

"我晚上要去外婆家吃饭。"李东晓冷淡地回复了。

"东晓，别这样好么！"张小沫哀求的语气，发了一段语音过来。

"我真的是去外婆家，现在在车上。"李东晓打完字，便在后排拍了一张图片发给了张小沫。

听到"咔嚓"的拍照声，司机回头看了一眼，心想一定又是细心谨慎的乘客为了安全，给朋友备个底。

"男生也要这么谨慎呀。"

"喔，不，是给我女朋友证明我已经在车上了。"李东晓脱口而出，才反应过来，支支吾吾地解释，"也不是女朋友，女性朋友。喔，其实也无所谓。"

在沙头角的三家店公交站台上，站满了到中英街采购的水客。年末，人潮涌动，游子都在往家里走，无序中有序地挪动。张小沫走着走着就走到了这里，像是过往的几年。张小沫挽着李东晓的手，往外婆家里走的情景，依旧在脑海里。

张小沫穿着亮绿色的羽绒服，冬天里的墨镜像是漂亮的头饰，架在发际线上。

"你怎么来了？"李东晓接到张小沫的微信，从外婆家里跑了出来。

"来看看爷爷奶奶。"张小沫伸手拉住李东晓的胳膊，触碰到了他熟悉的体温。

两人始终保持着两米的距离，缓慢前行。他没想过，张小沫会回来求他，就像他曾经以为张小沫一定会挽留他一样。

吐出的烟圈，随风扑向走在后面的张小沫的脸上，她没有躲开。

这时，手机又响起了。是妈妈催了，问到哪里了。

"是夏语晴吧？"张小沫没凑上来，随口嘀咕了一句。

"……"李东晓把手机塞进口袋里，继续往前走。

大学时，和张小沫在沙中门口买西瓜，就听到二姨和隔壁糖水店的老板炫耀着李东晓的女朋友有多漂亮，爽朗的笑声如自行车清脆的铃铛声一样穿透不长的小巷子。

"东晓！"

一阵刹车声，一辆自行车横在两人面前。陆凯像是青楼掌柜见了稀客一样，拍着李东晓的肩膀。

"你回来看奶奶吗？"李东晓瞟了一眼张小沫，问陆凯。

"陆凯，有没有带另一半回来看奶奶？"张小沫装作自然地调侃着陆凯。

"我为什么要找另一半，我是一个人，又不是半个人。我奶奶催着回去吃饭了，我走啦！"陆凯蹬上自行车扬长而去，甩甩车尾当告别。

没有人问起张小沫，这个大学时每年都来外婆家吃饭的准媳妇，像往常一样，一直听着大家聊天，偶尔插两句话。

"东东，什么时候结婚呀？你看现在沫沫也回深圳工作了，盼星星盼月亮啊，可把你妈给急得咧……"二姨又开始扯着嗓子隔着饭桌喊话，这爽朗的声音，再也不像自行车清脆的铃铛声，倒像是陆凯自行车的刹车声。

张小沫咬着半截基围虾，愣住了。

李东晓没说话，张小沫低头把虾塞进嘴里，抽一张纸巾，拭擦着手指上的腥味，腼腆地说："二姨，我们还年轻没有稳定，不着急不着急。"

"东东，你带沫沫出去逛逛，航母马上就要开走了，你们快去看一眼。"爸爸站出来替李东晓解围。

火红的夕阳，染透了半边天，没一会儿天就全黑了。明斯克航母没有开放，两人沿着栈道一直往前走。

李东晓点了一根烟，趴在栏杆上，海水拍打着脚下的栈道，回响在夜幕里。

"东东，对不起。"张小沫开口了。

李东晓抬了抬头，没有说话。白色的路灯打在脸上，看不见表情。

"说来也奇怪，陆凯那天说喜欢我很多年了，我还特别地吃惊，不过，那天同学聚会之后，我也没和他联系过了。你们还好吗？怎么感觉你们生分了很多。"

"难怪，我就说我家里的事，怎么会弄得大家都知道，原来是陆凯都告诉你了。"

"你误会他了。"

不是陆凯？那陆凯说的抱歉，难道是因为和张小沫表白的事？这陆凯真是搅屎棍，这个时候凑什么热闹。真的是没有什么是陆凯努力搞不砸的事情。

"除了他，还真的没有人知道我家里的事，连你都不知道，你觉得我会随便告诉别人吗？那是我爸爸的一块心病，他嘴上不说，你知道他多难受吗？"

"还真的不是陆凯，就算陆凯告诉了我，我也不会拿这个来控制水军。"

"你告诉我还有谁？"

"东晓，你还记得我是怎么认识郭起的吗？"

"我不认识郭起。"

"是石头让你把我的联系方式推给他，他让我去找郭起采访的，不过后来郭起和石头闹掰了，后面的事情我不知道。我总觉得石头怪怪的。"

"石头？别开玩笑了，石头那是和我同一年进的《北报》，我们情同手足，他结婚的时候，我还是伴郎，我们互相鼓励着一起在《北报》坚持了下去。而且，我从来没有和石头说过我家里的事儿。"

"算是我善意的提醒吧。"

"别把责任都推到别人身上。"

张小沫转身就往栈道外走，她渴望着李东晓能追上来。如果换做现在的自己，她一定会追上当时执意要离开北京的李东晓。可是，这一切都晚了，自己追不回去，李东晓也不会追过来。

明天就是除夕了，这是张小沫第一次留在深圳过年。努力挽留的那片海，却成了用来回忆的风景。

滴滴专车没有接单，一直显示附近没有车辆，205线公交车来了，张小沫没有上车。她想坐在扁长的椅子上，再看一眼这个熟悉的地方。外婆做的客家菜，李东晓清澈的笑容。那个能迁就自己所有缺点的李东晓，变得陌生。陌生得可怕，包括这座城市的每一个角落，都没有给自己宽容。城市那么大，却没有属于自己的拥抱。

李东晓，是我弄丢了你。

寒风中的眼泪，像是冻结了回忆，摸起来冰凉冰凉的。

"姑娘，末班车了，要不要上来。"司机打开车门，看到了背对着公车的张小沫。车厢里空荡荡的，黄色的光从车门照了出来。

张小沫看着手中的表，十点半。

"嗯。"张小沫点点头，上了车。

"来了就是深圳人"不是一句空话，这个城市对陌生人有着最大的宽容，却伤害着最爱的人。

"明斯克航母马上就要离开深圳了，2月14日，就是情人节，大年初七吧，很多人都特意赶来最后看一眼明斯克航母，毕竟是深圳人的记忆。以前很多到深圳旅游的，中英街、明斯克航母都是要去的。"

司机踩着油门飞驰，他像是说给张小沫听的。他应该很开心，明天就是除夕了，早点回家等着明天的年夜饭。

张小沫坐在公车上，泣不成声。

明斯克航母要离开这片熟悉的海，而自己也无处抛锚。

第九章　爱过，是我听过最悲伤的情话

有时候两个人在一起，其实不需要什么仪式，在你的内心里，你爱过一个人，你觉得你们在一起，你们就是在一起了，其实不需要对方的答案。

1

深圳的回南天，湿答答的回潮像是沾湿了翅膀，无力地等着放晴。墙上布满了水珠，睡得正酣，天花板上的水珠掉下来砸到身上，散落成很多水珠，一脸冰凉。年后回来上班，第一件要忙的事，便是晨报的慈善盛典。

小博作为社会新闻部唯一的"停职闲人"，主动回来帮忙张罗晚会。"虽然说接点私活什么的，也能养活自己，但是在家没有时间观念的那种度日方式，暗无天日，真的是太无聊了。"小博跷着兰花指涂着一种透明的男士指甲油。

桌子上的电话响了，小博放下指甲油，拿起话筒。

"我还是范冰冰的经纪人呢，神经病。"

小博"啪"的一声，轻巧利索地把话筒准确无误地拍在咬合的位置上，得意地继续涂着透明指甲油。没一会儿，电话又来了。

"你死不死呀？"

小博说完，脸部肌肉慢慢松弛了下来，耐心地听对方说着，然后用笔记下一串数字。挂了电话，像抢得花球的未婚少女一样，活蹦乱跳地把纸条递给李东晓。

"郭起经纪人菜菜子的电话，给！郭起要来参加晨报的慈善盛典了！"

郭起的经纪人菜菜子和李东晓说，郭起想参加慈善盛典，免出场费。和之前联系时的刁蛮相比，菜菜子的态度是一百八十度的转变，直称李东晓是老师，要多提携郭起。慈善就是艺人的一张遮羞布，不管有没有黑历史。李东晓虽说很反感被利用，但是自己不也是利用了郭起解决了自己的难题吗？

一切刚刚好。

会议室里，泡沫饭盒被一次性筷子刺破，和挖空了的老干妈玻璃罐子一起，被扔在角落的垃圾桶里。组里的同事都把会议室当家了，不停打电话协调外包公司、做应急方案。连小博这种时刻保持 S 形街拍造型的男生，连翘个臀都嫌多余，一个电话还没说完，另外一个电话又接进来了。

"不行，这个真的不行，大屏幕上的字必须要改。"小博抓起会议室桌子上的座机，语气强硬的和对方说。没一会儿，手机、电话又响了，他抄起电话就直接数落：

"到时候我给你弄一个全通证不就行了吗？"

大型活动组是临时的，从文体中心抽调记者出来专门对接舞美公司和公关公司。老孙为了表达社会新闻部的集体荣誉感，专门把李东晓和小博等五名记者"供奉"到了大型活动组。能做什么不重要，只要领导知道社会新闻部对报社的事上心，对老孙来说，够了。

老孙从来不掩饰自己对领导的恭维，每天恨不得找一万个借口路过总编办公室，只要张总能看他一眼，就心满意足地回社会新闻部炫耀了。除了他，没有一个人发自真心地跟着高兴，抽调了记者去大型活动组后，轮休都取消了。

2016年，元宵节。

在世界之窗的环球大舞台，一年一度的《南方晨报》慈善盛典即将上演。环形的观众席从下午就开始坐满了观众，像极了古罗马的斗兽场。老孙亲自挂帅来接送明星，而且"抓大放小"，只抓一个，那就是郭起。

小博电话里，一口浓浓的台湾腔娇嗔地说："东晓哥哥，我拾掇拾掇一下再出门喔。么么哒。"

李东晓握着电话，脸往后一退，打了一个冷战。挂掉电话，就在演员通道等郭起的到来。

世界之窗的外广场，戴着高筒帽的老头子遥控着小小飞行器穿过喷泉，小朋友们欢呼着跟着跑，看到彩绘人经过又围上去拍照。

在外广场的东侧，内场通道已经围得水泄不通，久未露面的郭起以慈善公益的名义即将出现在这个舞台上。郭起的全国各地粉丝后援会、湖南后援会、四川后援会、台湾后援会、香港后援会、澳门后援会……灯牌一字排开。李东晓看到了庄庄的闺蜜细细粒，不知道为什么总隐隐觉得会发生什么。

2016 年开年的第一场盛事，压着返乡高峰，在元宵节拉开序幕。已经比约定的化妆时间晚了一个小时，郭起还没到。时不时有粉丝以为郭起来了，一轮又一轮的尖叫。几轮下来，习惯"狼来了"的粉丝们反倒安静了，把镜头转过来对准自己玩自拍。当尖叫声再次响起时，李东晓余光中看到了老孙走在前面，继而转身迎了上去。

郭起在四名黑 T 恤保镖的包围下，跟着老孙往后台走。

突然间，李东晓的手臂被撞了一下，一袭长发略过他的脸庞，眼镜差点没挂住。他跟跄地扶起眼镜时，刚从身边闪过的女子，冲到了郭起的面前。

"啪！"

猝不及防的一个巴掌甩到郭起的脸上。

原本的一浪接着一浪的尖叫声瞬间刹车，戛然而止。通道上死一般寂静。挤作一团的粉丝都抢位置准备拍照，还没反应过来究竟发生了什么事。

　　"庄庄？"李东晓吃惊地大叫。庄庄为什么能混进工作人员通道？保安这么严密的盛大晚会，为何有漏网之鱼？

　　老孙则是惊慌失措地伸手"护驾"，猛一下抱住了庄庄。此时，隐藏在粉丝群当中的"破相姐妹团"甩掉郭起的声援灯牌，掏出一条横幅：郭起代言黑诊所，过期药物坑死人，并且大喊着："郭起，过期！郭起，过气！"

　　围在两边护栏的粉丝大叫着："不要伤害郭起。"没过多久，就是整齐划一地喊："滚下去！滚下去！"粉丝悲壮的喊声当中，有人哭了。粉丝看到自己偶像被当众大扇耳光，激动得号啕大哭。保镖上前抢过横幅，伸开长臂把要冲进来的"破相姐妹团"推了出去。

　　从宝安机场起飞的客机划过环球舞台的上空，2016 年的开场白，在一片混乱中被撕碎了宁静。李东晓拉着郭起说："跟我走。"愣在一旁的郭起，茫然地跟着李东晓迅速离开，穿过了混乱的现场，直奔休息间。郭起惊魂未定，在休息间久久不能平复。

　　休息间鸦雀无声，每个人都拼命地想找话题，却不知道说什么合适。

　　"各位粉丝，为了不要再引起不必要的麻烦和冲突，希望大家不要把今天的照片或者视频往外传，希望大家能够好好爱护郭起。"郭起的经纪人菜菜子站在护栏和粉丝喊话。"破相姐妹团"的几名女生，已经被保安带离现场。

距离盛典还有一个小时，演职人员以及颁奖领奖嘉宾，都在若无其事地吃盒饭，他们并不关心刚刚外面发生的一切。郭起没胃口吃饭，跷着二郎腿低着头木讷地发呆。化妆师把镜前灯打开，郭起舒缓了一口气，把头抬起来。

李东晓还要帮夏语晴和梁佳佳对台本，四处找小博去照顾郭起。小博不知道溜哪儿去了，说好的负责接待艺人。李东晓一直在拨小博的电话，一直在通话中。

"你他妈玩我呢？我帮了你这么多，你玩这一出！"小博斜靠在男厕所的墙上，抓着电话破口大骂，见李东晓进来，话没有说完就把电话挂了。

"李东晓，不好意思，老娘被耍了。"

小博把李东晓拉到厕所外面的走廊，来来往往的演职人员磕磕碰碰地撞在两个人身上。小博看了一眼周围，凑了过来。

"我被石头卖了，石头让我安排一个朋友混进工作人员当中，说是郭起的粉丝，我就给了他一张全通证，他这个所谓的朋友就是庄庄。"小博插着腰咬牙切齿。

"石头怎么认识庄庄？"李东晓没搞明白怎么会是石头。

"石头有没有告诉你，他是做什么的？"

"在一家文化公司，名字不太记得了，是做公关的。"李东晓说完，突然发现了不对劲，一些场景慢慢清晰，连成了一条线。

"什么文化公司呀，说准确一点就是一个营销公司，我不是和你说过我在外面帮别人写公关稿子吗？就都是石头帮我拉的活。"小博拽着小拳头，直往墙上拍。

"石头？那他和庄庄？"

"庄庄也是被石头利用了，秀泉医院才是石头那公司的大客户，原本我还只是怀疑，今天我很确定的告诉你，石头精心策划这一切来模糊焦点，帮秀泉医院洗白！"小博看着李东晓，他终于明白为什么李东晓怀疑秀泉医院的诈骗案里面有猫腻，李东晓提醒过他，但是他内心抗拒被一个后辈指导怎么去采访。

"坏了，佳佳的公众号现在是他们公司在运营。"小博突然想起了什么，拉着李东晓去找梁佳佳。

慈善盛典在巴黎铁塔上喷射的烟花中，宣告了开场。夏语晴和梁佳佳搭档主持，从缓缓打开的环球大舞台中走出来。

朋友圈里，以最快的速度传播了一篇图文帖子——《郭起被喊过气：维权粉丝怒扇郭起耳光》。李东晓点开文章时，已经有两万的阅读量。这个公号，正是小博说的，被石头运营的"佳佳有本难念的经"，专门写娱乐圈的前尘往事、八卦心得。

文章里，首先是一组八张的图片，从庄庄伸手到郭起离开，掌掴的每一个关键动作都一一记录了下来。慈善晚会原本是正儿八经的民心工程，这下可好了，变成了一个娱乐事件，一刷朋友圈，满屏都是转发这个帖子。一时间，全深圳人都知道晨报的慈善晚会。每个网友都变成了小小宣传员，奔走相告，或喜或悲：

"郭起被打了！"

梁佳佳已经站在舞台上，完全不知道台下发生的一切，深情地说着一段感人的故事。李东晓转身跑回后台，找到了老孙。

"孙主任，我和你说一个重要的事儿。"李东晓手撑在墙上，气喘吁吁的和老孙说话，"郭起被打的事，被报道出来了，图文帖。"

"等一下。"老孙关掉对讲机，看着李东晓递过来的手机页面。

"那倒是好事，无论对郭起，还是对报社。"老孙烦透了李东晓的莽撞，一副"爱咋咋地"的表情。

"啊？"李东晓没太明白老孙的轻松。

"这是好事，让更多的人关注了我们慈善盛典。"老孙还在坚持。

"这样抢眼球很不厚道，手段不高明。人家郭起答应免费来参加我们的慈善盛典，我们却把人家处于不义。"李东晓一气之下说了出来，他满脑子都是怎么会是石头利用自己。

"李东晓，你自己拎清楚了！你知道你在和谁说话吗？你是不是以为你在《北报》待过几年就很了不起。别跟我玩这套。"老孙年纪不大，但是常常摆出一副"老大哥"的姿态，这是李东晓不喜欢的，但是又能怎么样。

李东晓太知道老孙了，为了一点小利益都可以汲汲营营，他又怎么会顾及郭起的感受，顾及这里面任何一个可能会受伤害的人呢。

李东晓没有离开老孙，跟着他到了郭起的化妆间。郭起的演出是压轴，离上台时间还有一个小时。已经化好妆的郭起，点着了一根万宝路的黑冰。老孙则靠在化妆台上，侧面对着郭起说话。

"郭起，你不要着急，舆论的走向马上会偏向你，我作为老媒体人，给你打包票，这绝对是翻身的好机会，喔，不对，是证明你没错的机会。"老孙极力地在劝说郭起，"在媒体上最忌的是什么？过犹不及，无论哪一方有理，只要有出格的举动，大家的玻璃心就会打败理智，一边倒向此刻看起来处于弱势的一方。"

郭起气急败坏，但是在一群媒体人面前，除了忍，做什么都显得丢人。于是，强作微笑。

"你此刻看起来，就是弱势的一方，你不要说话，让粉丝替你说，让公众替你说，让老百姓替你说，说说看一个当红巨星，是怎么被这一群无理取闹的泼妇打耳光的。"老孙像是在发表救国言论，振臂一挥，气势磅礴。

似乎每一个混得好的人，总有这样的感染力，不管听的人是否信，只要讲的人有足够的自信，总能笼络一部分人。老孙的三寸不烂之舌，总能直击人心，把想要恭维的人哄得开心。

"谢谢孙老师，这次就拜托您了。"郭起舒缓了一口气，但还是担心。

李东晓用最简单的几句话把事情和老孙说清楚，便一直在拨打石头的电话，石头的电话始终处在占线的状态，李东晓拼了命的给石头发微信，对方一点回应都没有，连"正在输入……"的字样都没有。

"东晓，你先别和梁佳佳说，等晚会结束。"

"可是现在不删，再过两个小时不知道会发酵成什么样。"

"他能代管梁佳佳的公号，就能不删，你别费心了。我和你说，这不是坏事。"老孙想说的话，已经和郭起说过了。

"可是整件事都是和我有关系，我负责联系的郭起，我认识的石头……"

"你别冲动了好吗？遇事冷静处理，有这么糟吗？让郭起欠我们的人情。"老孙对顽固不化的李东晓失去了耐心，直接把他丢在走廊里，换上笑脸去哄好郭起。

郭起上台了，他一如既往地演唱清淡忧伤系的情歌，表面上看起来并没有受到此前事件的影响。这个刚刚又霸占了娱乐公号的明星，出现在观众面前。台下像是炸开了锅，从 VCR 上出现郭起的画面开始，全场尖叫。

郭起唱完三首歌后，台下大喊："郭起，坚强！我们支持你。"

除了疯狂的粉丝后援会，连现场导演都在给郭起打气，大声地喊着郭起的名字。郭起示意一下，现场立马安静了。观众们屏住呼吸，等着郭起开口。

"有时候，我在想，如果我不是我，我不是郭起，不是在这个舞台上有这么多观众听他唱歌的郭起，我会是谁，会过着怎么样的生活。我想，也一定和现在一样，在经历过很多很多的事。"

郭起的眼角泛着泪光，浅声述说。这个在镁光灯下光鲜的当红明星，在众人面前表现了脆弱的一面，或者说，是温情的一面。台下有粉丝低声抽泣，旁边的粉丝举起灯牌大喊："郭起，我们支持你！"郭起的话被打断，他稍作停顿，整理了一下情绪，继续讲：

"我们对这个世界没有准备，永远不知道下一秒会发生什么。我们每个人，都是这个世界上的小蚂蚁，力量很单薄，却会为自己的行为埋单，为自己的过错弥补。有人说，踩死一只蚂蚁很容易，但是我们不会因此活得蝇营狗苟，心中依旧有一个不大的小向往。接下来，我要送一首歌给大家，叫《小向往》。"

郭起的话语，再次被掌声打断。

他拿起吉他，坐在高脚凳上，开始拨动自己的琴弦。话筒里传出慵懒的低音：

没有告诉你

你究竟有多好

我默默地守护着你的小向往

太用力会把你捏碎

站在对岸看你

微笑就好……

夏语晴和梁佳佳带着大家站在舞台上倒计时："5,4,3,2,1！"
环球大舞台开始燃放烟花，巡游花车上各国的俊男美女，扭动着
身体，欢呼着告别农历新年的最后一个节日。

"李东晓，元宵节快乐。"夏语晴拖着长裙，拨开人群往这里
走来，大喊着李东晓的名字。

来自太平洋的风，穿过深圳湾，略过环球大舞台，飘起几根
不整齐的发丝。这是2016年的风，冰凉、新鲜，夹杂着几缕腥味。

"你好，我的那些，乱七八糟的故事。"李东晓在内心和自
己说。

2

"我不是为郭起来的。"

张小沫摆摆手，知道李东晓要说什么，马上把话堵死。

"那是……"李东晓想不到接什么话，微微颔首，伸出手掌
做"请说"状。

"有一个喜欢我的男生，我想让你帮我看看靠不靠谱。晚上

一起吃饭怎么样？"张小沫提出了邀请，等着李东晓答应。

"没问题啊，可以蹭吃的，那就去呗。"李东晓摊摊手道。

元宵节上的一幕，石头和郭起、报社都是赢家，正如老孙所设想的方式，舆论一边倒地集中火力攻击"破相姐妹团"，石头成功地帮助了秀泉医院转移了大众的注意力，郭起形象变成了受害者，慈善盛典占满了各大娱乐版面。

唯一难堪的是李东晓，尽管也已没有人在乎这件事的起因。

吃饭的地点是张小沫订的，在福民路的胡须佬鸡煲店。

"沫沫，你选的地方怎么我都没有来过，我平常去的最多就是万象城，那里都成了我的食堂了，不过也好，尝尝你选的地方。"一个发际线快移到了后脑勺的中年男子，身材像是用不同大小的球体组合而成，站在桌前摇晃着，腰间标配着暴发户的大"H"皮带，还没有坐下来，就和张小沫说。

"这是我在深大的同学，李东晓，晨报的记者。"张小沫起身介绍，"阿琦，我到深圳还是他接的飞机。"

"哟，大记者呀，诶，我刚好有个事想问你呢，我把车停在酒店，结果被人刮花了，酒店就赔我几张套房的优惠券，我那车四百多万，修车都花了十几万，就赔我几张优惠券，你得帮我要一个公道呀。"

李东晓从第一眼看到这个没有自我介绍的男子就没有好感，敷衍地解释道："我是做社区新闻的，专门教大妈们怎么跳广场舞，怎么挑菜选米的。"

"这个很接地气！我比较少看报纸，国内的媒体都很少看，我平常就喜欢看《Discovery》，有时候我为了看这个频道，特意跑去香港开一间房，在酒店里看。人家国外的媒体就是下血本，做的节目多精致啊……"中年男子眉飞色舞地炫耀着，李东晓真担心他往后一仰，发际线又往后滑几公分。

张小沫察觉到李东晓的不悦，赶紧转移话题："这家是很有名的本地美食，《舌尖上的中国》当年要来拍，这家店老板没同意。"

"我以前也开过餐厅，不过我的餐厅就没想着赚钱，我就是为了方便我那些朋友来蹭饭。"中年男子抽着烟，往后一靠伸了一个懒腰，一脸得意。

李东晓觉得再聊下去，可能真的会甩脸走人，便低头吃饭。张小沫很尴尬，不断地给两人夹菜。以前在深圳时，最爱的一家餐厅，竟然吃得一点心情也没有。

中年男子执意要送两人回去，一路上喋喋不休地晒着自己多有钱。

"我以前特别爱玩跑车，你看这个坡，上坡时一加油，下坡时就会飞出去，车子腾空十几米才落下来，特别刺激。不这样开车，就没有机会换新车。"

"你看，这一带楼盘都是我朋友开发的，卖得特别好，当时让我买一层，我没有看上。"

"我和你们晨报的总编辑是好朋友，还经常一起喝茶。下次我和他提提你，让他多多关照你。"

"沫沫，你平常跑娱乐线是不是需要采访很多明星呀？我去北京的时候，常和一群明星玩在一起，那个郭起，现在不是很红嘛，我们是死党！什么时候用得上他，我和他打个招呼，他见我都得管我叫大哥。"

"同学，听张小沫说你很有才华，要是哪天不想在报社干了，来当我助理！"

"来当助理，一句话哈！"见李东晓没反应，男子回头看了一眼。讨厌的人太热情，真的是折磨，就像一群又丑又活泼的女子拉拉扯扯地围着嫖客要玩真心话大冒险一样。

"……"

李东晓坐在车后座上，后悔为什么不打个车回家，非要省这点小钱。好不容易回到了新闻路，李东晓下了车，张小沫也谢绝了中年男子的挽留，关上车门，一起下了车。

"那再见吧！"李东晓就地和张小沫告别。

"东东！"张小沫突然起身抱住李东晓，把头埋在李东晓的胸前。李东晓把手放在后面，用全身的力气站稳。可是那熟悉的温度，来自曾经依靠在一起十年的躯体。慢慢地，佯装成冰山的身体被融化，漫过了回忆。慢慢地，李东晓伸出手，扶住了张小沫的腰。

"东东，不要离开我好吗？"张小沫的嘴唇咬住了李东晓的脖子，寒冬里一股热气窜入身体，"我真的不想去认识什么人，不想继续再流浪，我想结婚了，我真的想结婚了。"

李东晓擦干了张小沫脸上的泪痕，这个自己疼惜的女人，用最卑微的状态靠在自己的肩膀上。那个刁蛮的公主，变成了如今心力交瘁的弱女子，是自己对她的惩罚吗？那个让自己心甘情愿跟着去北京的女人，如今一个人坐公交车去沙头角求挽留，连见追求者都带上自己。李东晓不得不承认，自己和张小沫早已超越了爱情，更像是自己的左手握着右手，这么熟悉那么不能割舍。

30 岁的青春尾巴，习惯比爱情更让人舒服。

李东晓牵着张小沫回到明德国际公寓，满屋熟悉的味道，就像自己从来没有离开过北京，张小沫在通州那间出租屋。淡淡的茉莉清香，从耳际散发出来，李东晓把手机从裤兜里掏出来，扔在沙发上，他那样熟悉地揽住张小沫，疯狂地吻她的耳朵、脖子，抱着她踹开半掩着的房间门。李东晓进入身体的那刻，张小沫狠狠地咬住了他的脖子。从淡忘到熟悉，不过是伸开双臂的一瞬间。

张小沫扯一下被角，把被子拉到身上，躺在李东晓的身上。

"东东，我们不要再分开了好吗？"

"嗯。"

李东晓把手放在张小沫柔顺的长发上，点点头。一切就像当初的约定，在张小沫研究生毕业的时候，他们一起回到了深圳。被时间浪花拍开的双手，抓在了一起。岁月咬合，不问过程。

3

新闻路的晨光，带着清洁工"沙沙沙"的扫地声被撕开了口子，像水银般铺满了地面。张小沫还枕着梦境入睡，瘪着的嘴唇像是在撒娇。李东晓穿好衣服起来，回到客厅里找手机。

夏语晴 12 个来电，陆凯 2 个来电。

李东晓给夏语晴打了电话，关机。陆凯接了电话，一副在睡梦里接电话的语气："东晓，你昨晚去哪里了？"

"我……昨晚睡得早没看手机。"李东晓关上房门，低声和陆凯说。

电话里，听到陆凯一个"鲤鱼打挺"起床压到床板的声音。陆凯马上切回话痨的状态，

"靠！你不知道昨晚发生了什么，夏语晴被一群老男人灌酒，给你打电话求救，结果你一直不接电话，就打给我了。你都不知道那一群老男人多么可怕，非得要夏语晴喝什么'炸弹'，夏语晴如果不是为了你，怎么会去和他们喝酒，哇靠，喝酒了还非要和夏语晴跳交谊舞，都什么年代了，还拿着手机播音乐，交谊舞那是我爸妈那个年代跳的，我到了就差点没说你以为这是莫斯科郊外的晚上呀……"

李东晓按了电梯下楼，电梯里没有信号，出了电梯，陆凯继续在喋喋不休地描述"莫斯科郊外的晚上"是怎么样的光景。

"说重点！"李东晓对着电话里说。如果没有给陆凯刹车，他的话题真的会一脚油门踩到莫斯科去。

"你爸爸不是送了一套股票给老孙嘛，老孙送给了广告商。这个广告商呢，刚好又是《滚蛋时尚》的广告商，夏语晴去了广告商的饭局，想着用资源置换的方式，把那套股票要回来，结果那老板就来劲了，让夏语晴喝了五杯炸弹。她给你打电话去拿股票的，结果呢，你电话不接，就打给我了，那个时候她已经醉得差不多了，被一群老男人拉着跳交谊舞，就这样。现在呢，股票在我手上……"陆凯说道。

"夏语晴现在在哪里？"

"在家呀，估计还没醒，昨天晚上我送她回去的，楼下保安还问你们是不是吵架了，怎么喝成这样，你昨晚是不是去明德国际找她了？杨叔说你和一个女同事刚刚上楼，应该是下班一起回家的，夏语晴是跟着回来了。"陆凯像是拯救了世界的英雄，完全没有责怪李东晓的意思。

真好，即便是互相有过误会，依旧可以当做什么都没发生。

好朋友有两种：一种是可以分享喜悦，他真心替你高兴，并且不会说："嘿，那还不快点请我吃饭？"一种是可以分享悲伤，他未必为你悲伤，并且一起骂："靠，真是一个操蛋的世界！"

可以互相倾诉的朋友易得，一起分享喜悦的朋友才难长久，尤其是差距摆在面前的时候，嫉妒心才是最可怕的黑洞。

李东晓拿了奖学金，想要和其他同学分享这个喜悦时，总要面对"夹枪带棒"的祝福，或者只在乎什么时候请吃饭，和陆凯说时，那真的能过"分享瘾"。陆凯是这样的存在，拿着68分的试卷，替考了满分的李东晓高兴张罗唱 K 庆祝。

半个钟头后，陆凯开着 Smart 出现在了新闻路。随叫随到的陆凯，缠缠绵绵的张小沫，好像一切回到了最初。

"你真的喜欢张小沫？"李东晓问陆凯。

"我会用《还珠格格》一句经典台词告诉你：爱过。"陆凯还是没个正经样，"这个世界真的是全员单恋，你爱张小沫，张小沫爱郭起，郭起爱夏语晴，夏语晴爱你，如果这过程中有一个人回头拥抱爱自己的人，这个循环就可以中断，功德圆满了。"

"你瞎说什么呀！说你呢，怎么就扯我身上来了。"

"东晓，你有没有觉得，有时候两个人在一起，其实不需要什么仪式，在你的内心里，你爱过一个人，你觉得你们在一起，你们就是在一起了，其实不需要对方的答案。她所有的行为，都可以解读为一种回应，或远或近。这就是'爱过。'"在陆凯心里，这就是一种爱，一种最保守的爱，他不愿意去表露自己内心真实的想法，就像怕被看穿一样，小心翼翼地试探着这个世界，得到了一些甜头便满足。

"郭起爱夏语晴，夏语晴爱我，你为了解释你所谓的循环，也太扯了吧？"

"你觉得郭起真的是主动要参加你们报社的慈善盛典吗？你知道为了帮你找张赟的资料，她费了多大劲儿吗？你以为你过生日只是梁佳佳无意中提起的吗？你以为你爸爸那些心肝宝贝似的股票这么容易拿回来的吗？为了买到你朋友圈里晒过的一样的黑曜石，人家就差没把水贝珠宝市场翻了个遍。"陆凯还以为李东晓都懂，真把他这个急性子给惹毛了，索性站起来数落李东晓。

"郭起来慈善盛典是夏语晴安排的？"李东晓也觉得郭起突然要来参加慈善盛典这事儿很蹊跷。

"不然呢！你见过有经纪人打报社办公室的电话求露面的吗？郭起诶，最红的民谣歌手好吗？"陆凯真想把夏语晴的白眼完整复制给李东晓。

"她怎么知道我要找张赟的资料？"

"小博就是她的眼线，她担心你在报社被欺负，说你太羼了。"

"她怎么知道我爸爸的股票的事？"

"人家现在和梁佳佳是闺蜜，梁佳佳是小博的女朋友，有什么不清楚的。如果夏语晴不在乎你，会帮你做这一切吗？"

"你……是不是来试探我和张小沫的关系的？"

"还真的没兴趣，我现在有喜欢的人了。"陆凯把脸转了过去。

"你就装吧。"

4

粤港澳记者站是综合记者站，记者分线并不清晰，张小沫除了体育和经济，其他新闻都跑。好在，张小沫拿到的第一个社会新闻选题便是李东晓最擅长的——奥数少年。

李东晓的中学时期，就是在奥赛队待着的，同队的同学，大多数被保送"清北"。张小沫打电话向李东晓求助。

"东晓，帮我要个联系方式。"

李东晓把主教练的联系方式发了过去后，张小沫电话又来了，说自己和主教练没打过交道，让李东晓去联系。结果，安排完高二的队长接受采访时，张小沫又打电话来说要李东晓陪着去采访。

李东晓完全不知道张小沫的用意，只是觉得很烦。作为一个记者，她连这种采访联络的小事都需要依赖，完全是不能理解。

"东晓，我要坐在外面。"

的士来了，张小沫用手轻轻地抓住李东晓的手臂。

"无所谓。"

"东晓，你真的是一点都不讲究！女生都喜欢坐在外面的，穿着裙子不适合往里面挪。"张小沫娇嗔地责怪着。

"那好吧。"

李东晓上了的士，挪着屁股坐了进去。

每个人都可以为自己爱的人奋不顾身，却对爱自己的人冷若冰霜。如果你爱的人，刚好也爱你，其实也并不是多么幸运的事。两个人的爱加起来常常是守恒的，似乎因为张小沫的突然热烈，而削减了李东晓思念和牵挂。有人会把这样的情感反转当做是成功，而李东晓似乎并不想炫耀。他对张小沫心生厌恶，即便是被定义为"渣男"。他没有办法阻止自己内心抗拒的声音，更愿意去理解张小沫当时的离开。

奥赛队的高二队长叫可可，接近一米九的身高，挡住了斑驳的光影，剪影慢慢变大才看清楚脸庞。他一身球衣，腋下夹着一个篮球走进咖啡厅。

"东晓学长好，常听教练有提到，说你在北京是出了名的记者。"可可长得很粗狂，动作很细腻地一直对着两人鞠躬。

"嘿，老师就爱拿我开玩笑，你们厉害，今年省队里有三分之一是咱们学校的。"在奥赛队里出状元上"清北"念博士都不新奇，成为记者倒是有点意思。当年奥赛队里，只有四个人在深大，李东晓在应用数学系，另外三个同学在建筑系。而唯一一个不再和理工挂钩的就是李东晓，成为了记者。在奥赛队里不起眼的李东晓，竟然凭借这样的身份，一跃成为师弟师妹口中的"风云人物"。

想起小博采访过的七中同学因为学习成绩不好被劝去读传媒班，李东晓暗自庆幸没有被戳破，不然得多尴尬。

"可可，那我们开始采访吧。"张小沫拧开录音笔，翻开一本牛皮包裹着的笔记本，拿出一支 Lamy 墨水笔，在上面写下了可可的名字，"你从小学就开始接触奥数，会不会觉得缺少童年。"

"不会啊，因为我喜欢数学。"可可摸着额头上的汗水，手上的粉尘在脸上留下了一道淡淡的灰色。

"可是你就是没有别的孩子一样的童年呀，别人在玩你在做题。万一你没有机会成为靠数学吃饭的人，那青春岂不是都浪费了？"张小沫没抬起头，低头记录着。

"奥数更重要的是一种思考的逻辑，本来适合学奥数的同学就不多，有幸能成为其中的一分子，我非常珍惜这样的机会和高手过招，就像喜欢围棋一样，遇到高手会兴奋并且琢磨着怎么打败对方，这就是思维的火花。"

可可露出了白皙的牙齿，聊到数学就像自己一个心爱的乐器一样，爱不释手。

"之前就有一个教育家说，我们的中学生都在拼命地学奥数，英国的中学生都在组乐队野营，因为奥数你会失去这一切。你没有童年，没有疯狂地去恋爱，你没有小时候做过坏事的那种窃喜感，小朋友就应该犯错，不要太优秀。"张小沫看着这样的男生，就想起很多道出自己心声的心灵鸡汤，而自己正是缺少童年的那一群中国孩子。她不会五线谱，没有乐感，不似郭起能用这么酷的表达方式。

"学姐，我没有失去这一切，我不喜欢摇滚，但是我喜欢弹钢琴，我没有去露营，但是我也喜欢旅游，去过很多国家。"

"那是你现在的想法，等到你上了大学，你就发现其实奥数真的没有什么用？不信你问你学长。"

张小沫抬头看看可可，有点可怜这孩子从小就学这么高深的东西。

"张小沫，你不能这么说。"李东晓不满地说，可可不光是奥数学得好，还是学校里的学生会副主席、跳高国家二级运动员，阳光、正能量，这是教练极力推荐的得意门生。

"这怎么了，这就是现实啊？你现在有用到数学吗？这个社会上很多人都不懂什么是微积分，但是他们同样拥有自己的地位、金钱和名誉。"张小沫坚持道。

"我学习不是为了有用，是丰富自己的生活，满足自己对数学的渴望、是一种思维方式，就像是看世界多了一个角度，就像视觉听觉触觉味觉一样，如果有更多的方式去感知这个世界，那就是人生的乐事，如果少了味觉，尝不到这时间的美食，少了视觉，看不到这个世界的色彩，终究是一种遗憾。"

"那你的意思是说，吸毒也是一种乐趣呗。"

"学姐，不好意思！我没有这个意思，我的兴趣并没有犯法和伤害到别人。"

"可是学奥数就是拔苗助长呀，不光是伤害自己，还做了不好的示范，让更多的人以为这就是成功和优秀。"

"……"

李东晓站了起来，转身对着张小沫说，"你是来挑刺的吗？"

"我怎么是来挑刺的？我作为大众媒体，我有权利宣导正确的方向。"张小沫不服。

"你这不是宣导正确的方向，你是带着既定的结论来做采访，坐在你面前的同学，并不是你印象中古板的书呆子，你为什么要这样伤害一个有自己梦想的孩子，你凭什么？"李东晓指着张小沫，丝毫不客气地怒斥，清澈的眼镜片被怒火的温度灼出了一层雾。

"李东晓，你是吃了火药了吗？这是我的工作。"张小沫不知道眼前这个熟悉的陌生人，为何会这么毫不留情地驳斥自己。咖啡厅里自习的同学抬头张望，不知道发生了什么事。

"这就是你所理解的新闻人是吗？带着约定俗成的观点来给别人下结论，不管真实的情况如何，就往你打好的腹稿里套。你是不是来之前就想好要写奥数怎么摧残一个孩子的青春期是不是？"李东晓不知道从哪里来的劲儿，非要死磕出一个结果。

"不能因为是你的学弟我就不能这么写，你所理解的新闻人呢？你本身就带着偏见，你容不得别人对奥数有质疑。"

"莫名其妙。"李东晓拿起自己的外套，抱起可可的篮球，"可可，我们走。"

刚被两人的争吵吓到的可可，连咖啡还来不及喝一口，回头看了一眼正怒火冲天的张小沫，就跟在学长后面离开了咖啡厅。

"东晓学长，没关系的，我不需要去证明什么。"

可可脸上绽放着一个极其真诚无私的笑，这个笑就像是灾难片里民众们守望相助的那种默契。李东晓点点头，把球还给了可可。

可可接过篮球，背对着插花运球离开，远远地回头和李东晓摆摆手。年轻真好，肆意飞扬的青春，满脸的胶原蛋白在奔跑。"做自己的黑曜石，才能保护自己和自己爱的人！"夏语晴的话突然像是电影黑屏后的致敬，从心底浮上来，淡入眼帘。

我们无法替别人活得快乐，那就自己快乐地活着。别人眼里的世界再美，终究不是自己的。

5

晨报社的四楼，平常的上座率不到一半，大多数记者都不怎么爱在办公室待着。今天，有所不同的是，老孙没办公室，上座率却达到史上最高。大家都知道今天会有大事发生，都齐刷刷出现在办公室里。有来看热闹的、有来幸灾乐祸的、有来找存在感的……每个人脸上无一不写着大大的两个字：关心。

"老孙现在已经去找工作了吧？"

小博跷着兰花指修着鬓角，不屑地调侃了一句。办公室里哄堂大笑。大家紧绷的神经，松弛了下来。在一分钟之前，不知道如何表现这个"关心"才是不会落人口舌。小博这一出，倒化解了尴尬，办公室的气氛顿时轻松了起来。

"轻松调侃才是最大的关心嘛，干吗这么凝重。"李东晓抱着一堆旧报纸，从储物间出来。昨天下班时，他是第一个发现门外的横幅的。

"孙茂，还我的血汗钱。"

几个农民工打扮的人，站在晨报社的后门，打出了横幅，正好是下班高峰期，是新闻路一天里人流量最大的时间点。

横幅出现不足一分钟，就被保安拦了下来，带进来访登记处。这一幕，就被路过的人拍摄了下来，几乎在一瞬间传遍了新闻路居民的社交平台和微信群。

李东晓是跟着进了来访登记处，和保安表明了身份："社会新闻部的。"

保安正在发愁不知道该怎么处理这几个不明就里的当事人，就干脆关上门让李东晓自己沟通去。

李东晓告诉这几个农民工模样的年轻人，这样做是扰乱公共秩序会被抓去派出所的，对方吓得屁滚尿流，坦言自己只是每人拿了一百块，答应拉这个横幅。他们以为只是帮忙派个传单一样，甚至不知道横幅里写的是什么。

这样的影响对老孙而言，不管对错，他都输了。晨报其他部门的同事，在群里分享横幅的照片，李东晓逐个点开头像，等对方通过，然后苦口婆心地劝说，拜托对方不要传播这组照片。

小博看到照片的那一刻，心里想，真是多行不义必自毙，把图片往朋友圈里一发，配上惊讶的表情："天啊，谁能告诉我怎么回事！"既能表现关心，又能顺便踩老孙一脚，小博回到明德公寓，从保安杨叔那儿取了快递，便上了楼。

　　星座大师说，嘴唇的颜色和桃花运有着直接的关系。小博花了 600 块从香港买了一套变色保湿口红套装。先涂好唇膏，再把唇蜜往嘴唇上轻轻一点，嘴唇就像是啫喱一样，水嫩有弹性，真是点睛之笔。涂完唇膏不出门，那就好好看着镜子里的自己好了。小博自信地认为，镜子或许会因为被亮瞎而原地爆炸。

　　小博有时候会因为穿对一件衣服，愉悦一天，会因为包包和裤子的颜色很搭，恨不得把深南大道当做全世界最长的 T 台，从盐田扭着小腰走到宝安。

　　他转过身来，摸着自己翘起来的小臀，琢磨着自己要不要买一套臀部贴膜，还真的有点贵，三块一千多。算了，臀部皮肤再光滑，别人也看不到。小博说服了自己，拿起手机点开 QQ 音乐，单曲循环 Bigbang 的《If you》，进了洗手间。

　　李东晓的电话来了。

　　"小博哥，你还是把朋友圈删了吧。"

　　小博正泡着澡，拿过毛巾擦了一下手，按了免提。

　　"老娘就是替老孙鸣不平，真是太气人了。"

　　小博调整了一下发音的位置，边说边摇晃着脑袋，恨不得让李东晓也看到自己的表情。

"算了，小博哥，不管谁对谁错，这事传出来老孙就输了，光脚不怕穿鞋的，老孙还能怎么样，只能自认倒霉了呗。咱们替他说话，反而是让更多人知道这件事。有时候咱们闭嘴就是帮忙，你还是先删了朋友圈吧。这种事，No news is good news！"

李东晓已经打了一个晚上的电话，刚歇一会儿，就发现小博的朋友圈也把横幅的照片挂了出来。

"不是我想说他坏话，老孙这人平常做事就是不够厚道，你还记得他坑咱们俩吧？"小博反驳李东晓，他当然明白这个简单的传播道理。

"小博哥，要坑他的是秀泉医院的张赟，几个农民工都供出来了。起码在这件事上，他没有错就是不应该受到这样的责怪。"

眼看李东晓没有和自己站在同一战线上，小博犹豫了一下，还是把朋友圈删了。

经过一晚的发酵，老孙苦心经营的形象，眼看就要面临全面的坍塌。老孙没事人似的，挎着小腰包就窜到自己的位置上，嗑着瓜子等记者们来报题。

"我做这个吧，华强北有一家神奇的店，通过纳米技术的改造，在手机表面弄了一层薄膜，任何手机经过十几分钟的改造，就可以变成一部防水的手机，特别好用，价格也不贵，网友说收费是50块就可以了，我们可以当做一个新奇特的东西来写。"

李东晓像往常一样报题。

"去吧，对了，以后你还是可以继续做深度调查，暗访的题目你继续跟。"

老孙一边嗑着瓜子一边说，头也不抬。头发是刚做的，还散发着发胶的清香。李东晓"嗯"的一声，抓几颗桌面上的瓜子，嗑了起来。

"东晓，谢谢你！"

老孙很寡淡地说了一句，但是李东晓知道这句话的分量，说了一句"没什么"便拍拍手离开了。

张小沫打了电话过来，李东晓摁了一下音量键关掉声音，把手机放在桌子上。

"东东，你去上班了吗？"张小沫的微信来了。

"晚上我们去你家吃饭好不好？"

李东晓依旧是没有回微信，看着办公桌上摆放着夏语晴送的30岁的生日礼物——黑曜石手串。

"谢谢你，语晴。谢谢你的一切。"李东晓在手机里敲下了这几个字，心想这样不对又删掉，自己从来都是把最珍贵的爱放在心里，说谢谢会显得生分。

"做自己的黑曜石，才能保护自己和自己爱的人！东晓，生日快乐。"

夏语晴手写的祝福清晰地在眼前，渐渐变得牢固，像是浮雕一样镶在盒子上。

夏语晴，这个自己从来不敢多想的女子，居然如此在乎自己的存在。李东晓是一个随波逐流的人，不知道如何去升华感情，被动地在原地等待，等待着亲情、友情和爱情。在温存与刺激面前，他永远是追求既定的幸福。可是，夏语晴早已在不知不觉中潜入自己的生活，习惯性地依赖，从不说谢谢。

"夏语晴，我爱你。"

李东晓一闭眼，狠狠地摁下发送键，把手机扔在桌子上，等着回复。

第十章　我在新闻路等你

一个自己心心念念的人，怎么可能说忘记就忘记了？或许一个对你很重要的人，别人根本就不会把你放在心上。没有人有资格要求：你在原地等我。

1

夏语晴在沙滩上走着，脚底踩着浪花。一半海水，一半城市。高楼林立的霓虹灯光，人群呼喊的声音、车流鸣笛的声音，仔细听时仿佛能听见小孩在沙滩边踢球。另一边，大浪花压着小浪花，从漆黑的夜里涌上来，撞击至脚边，只剩下薄薄的一层水流，把沙滩上的脚印冲刷干净。没有月亮的夜晚，身后的脚印被浪花一次次带走。

刚到这个城市，心情是愉悦的。夏语晴在市中心买了一双梅莉莎的鞋子，吃了一顿烤肉，便往沙滩走。和新同事聊着人生谈着理想，好不热闹。梁佳佳失去了《滚蛋时尚》的主播岗，岂料凭借广场舞的热度，一时间成为深圳最红的主播兼领舞。现在的梁佳佳，要是出现在深圳任何一个菜市场，立马会被大妈们围住索要签名。有时候，失去并不是一首悲伤的歌，得到也未必会锣鼓齐鸣。

这或许就是离开的原因，和得失无关。

一群说着葡萄牙语的小伙子尾随着，忽远忽近。夏语晴提醒同事注意，并往繁华的城市灯光走去。一个身高约180厘米的瘦弱男孩突然用手围住女同事的脖子，伸手去摸没有摸到项链。就在女同伴尖叫的时候，另外几个说着葡萄牙语的小伙子窜到夏语晴身后，抓住了她的手包。夏语晴用力地拽着另一边，双方僵持了五秒。男同事用中文喊着："语晴，放开，说不定他们有刀子。"

夏语晴松开了手，任由自己的手包从指间滑走。夏语晴拉住两个被吓到的女同事，往有灯光的地方走去。她接过男同事的手机，给节目组的地接公司打电话。

像是走了整个秋名山的路途，左拐右拐的飘逸，夏语晴和同伴坐的大巴车到了半山腰的警察局。简陋的警察局，门口写着：Tour police。警察局里只有两个柜台，两个操着浓烈口音说英语的胖大妈坐在柜台里面，给每一个到这里的游客派发需要填写的表格，然后询问情况。整个警察局充斥着世界各地的语言，韩国人的"思密达"、日本人不停地在"desu"，说着西班牙语、意大利语等等的欧洲人，每个人都在声情并茂地描述自己被偷被抢的经过。夏语晴只是默默地接过表格，在一格询问发生了什么事的空白处，写上几个大大的单词：

I was robbed！

手机、身份证和现金都在手包里，夏语晴觉得像是被剥去了过往，一丝不挂地站在这个城市，重新开始一段新的旅程。

陆凯："你为什么会对李东晓这么好？"

夏语晴："因为他给我送过伞。"

在离开中国时，天气预报说雷雨天，航班取消。夏语晴在香港机场待了一个晚上，被送回酒店等待第二天飞。七年前的香港，刚毕业的夏语晴找不到工作，便到自己的好朋友九姨家的牛杂店一边打工一边等深圳那边的 Offer。有一次在中环地铁站等雨，马上就到上班时间了，她被迫无奈抱着试试运气的心态给九姨发了一条信息，结果九姨送来了雨伞，担心夏语晴被雨淋着，一直挽着她往九姨牛杂店走。在这个被繁华淹没的城市里，她总是用英文和同为黄皮肤黑眼睛的同学交流，而这一次，不会说粤语的夏语晴才觉得自己属于这里，而不是一个匆匆的过客。她在九姨牛杂店打了半年的短工，才等来了特区台的 Offer。如果说，在香港有一个地方，能让自己感觉到温暖，那一定是这家不起眼的牛杂店。

送伞这事虽小，却给对方带来很多的麻烦。十年后的深圳，夏语晴有很多种方法躲雨，有很多种方法抵达目的地，却依旧惦记着那把雨伞。李东晓应该知道，她可以叫滴滴、可以在 711 买一把伞、可以蹭路过的行人……她同样是抱着试试运气的心态给李东晓发信息，没想到他没有只是出主意，而是卷起裤腿踩着水花撑着一把伞来了。她也是那样的害怕麻烦别人，情愿淋得全身湿透也不愿意让人送伞，或许，在那一刻，李东晓就悄悄地在自己心中占据了重要的位置。

杜尹浩总是说：语晴，你看，我又特意为你准备了什么。

李东晓总是说：语晴，我刚好路过，顺便的。

那张无邪的笑容，清澈的眼睛里，没有杂质，却隐藏着自己的内心世界。

2

"东东，你可以搬去明德公寓住了，房客昨天搬走了。"

李东晓回到家里，在玄关换拖鞋。爸爸在二楼听见楼下的动静就喊住李东晓，还低声地唠叨着"每天晚上都这么晚回来，吵得你妈妈都没睡好觉"。

"搬走了？"李东晓鞋子脱了一半，踩着鞋帮，跳到天井问爸爸。

"就是那个主播，说是要离开深圳了。钥匙放在你房间里，你什么时候挑点东西搬过去住，别空着房间。"爸爸把头探出来，和李东晓解释。

搬走了？

李东晓给夏语晴发了微信两天都没有回，还以为她是因为太忙或者用意念回复了。李东晓给陆凯打电话，陆凯知道夏语晴已经搬走了，不问青红皂白地在电话里嚷叫着：

"李东晓，你是不是把人家怎么了？你不是拒绝了人家的好意吧？你这个人怎么这么不识好歹，人家替你做这么多事，夏语晴这姑娘怎么会看上你，真的是瞎了狗眼了，你说你说……"

被陆凯一扯，李东晓又开始头皮发麻，不知如何是好。他挂了电话后，给小博打了电话，接电话是梁佳佳。正好。

"东晓哥哥，语晴一直让我别和小博说，她前天的飞机去了巴西的里约热内卢了呢。"梁佳佳如果不撒娇，估计在小博面前真的没有女人味。

"巴西？为什么要去巴西？"李东晓也不知道自己错过了什么？陆凯说的话，特别不真实，一触碰就会碎，果然碎了，碎起来形状很怪异。

"语晴离开《滚蛋时尚》了，我们台里不是投资了两个亿做了一个真人秀节目嘛，叫《穿越五环》，一群未来的奥运冠军，在举办过奥运的城市做任务，语晴去了这个节目了。"

"这个节目不是已经有主持人了吗？"这个节目李东晓听说过，是特区台的头牌节目，就是想借助这个节目，冲击国内一线卫视的。

"嗯，语晴……她是去当导演的。"梁佳佳也很吃惊。

"你能联系上她吗？"

"联系不上，微信也不回，或许网络不好吧。"

爸爸从楼上下来，见李东晓坐在台阶上，便晃了一下手中的文件袋，说："那个房客还挺有心的，说中途退房不好意思，特意送了我一个礼物，你看是什么？"

"股票。"李东晓没看，起身上了楼。

"你怎么知道的？这还是我送给别人的，结果送了一圈，又送到我的手上，还真的是和这套股票有缘分。"爸爸对自己收藏的这套"深五股"爱不释手，连上面的序列号都能倒背如流，一眼就认出了是自己送给老孙的礼物。

3

调查张赟和秀泉医院利用网络水军和自媒体公众号造谣，证据确凿。李东晓把所有证据交给了警方，等着处理。石头没有辞职，依旧在这家营销公司工作。

李东晓约了石头见面，避开了新闻路，选在了那家椰子鸡店，连包房都是第一次在深圳见面时的包房。那个时候的石头，见猎心喜、对新生活充满了信心，现在的石头，学会了淡然处之。

"东晓，我是误判了新媒体，见猎心喜，我以为只是一种玩法，包括最早开始把你的家事交给水军来炒作，只是觉得好玩。"

"你是怎么知道我的家事的？"这个问题困扰了李东晓很久，他甚至怀疑了自己最亲近的朋友陆凯。

"你还记得陆凯第一次来北京时那天晚上我们一起吃饭吗？"

"所以，还是因为陆凯？"李东晓甚至希望听到肯定的答案，这样总比心悬着去猜测好。尽管他不知道如果真的是陆凯，他能否接受。

"告诉我家事的，不是陆凯，而是……"石头指着李东晓的鼻梁。

"我？"李东晓也被绕糊涂了。

"你喝多的时候，是想安慰我，其实家家有本难念的经，把自己的经历告诉了我。"石头偷偷点着了一根烟。

"……"李东晓慢慢地回忆那天喝多了之后发生的一切，支离破碎的片段一块一块地被捡起来，拼凑在了一起。

石头的弟弟因为赌球欠下了高利贷，追债的人把老家的房子都砸了，被迫无奈，一家三口搬到了北京和石头住在了一起。因为妈妈总是责怪石头住这么好的房子，用这么好的东西，吃这么好的食物，天天抹泪说弟弟都这样了，你还这么花钱。有一次，石头带家人去吃饭，吃了一半妈妈知道这么贵，便当场黑脸要回家。石头解释道，自己在北京就是这种生活，没有办法过回老家那种生活，可是妈妈一句话就把石头噎回去了：你弟弟都这样了。

加上石头的老婆，一家五口挤在 48 平方米的房子里，大冬天的不肯开暖气，让石头好省下来钱替弟弟还高利贷。

"我弟弟欠下来的钱，200 万，我一辈子都没见过这么多钱。我疯狂地去兼职，找私活，帮别人稿子，干了一个星期，就 2000 块，连利息都不够还。我当时就在想，为什么不能像你一样，生在一个这样的家庭，不光是衣食无忧，还得到这么多人羡慕的眼光，连领导都在巴结着你。我出身不好，比你们付出多少倍的努力才可以考上名牌大学当上记者，好不容易和你们在同一个起跑线上，然而这样的差距并没有消停，只会越来越大。我费尽了所有的努力，只不过为了在大城市里清晰地看到我们之间的差距。"

石头抽完了一根烟，这样一段辛酸史，时过境迁后的他，坐在李东晓面前，已经没有了情绪。因为这一场家变，石头离婚了，把所有的钱给了妈妈，还掉了弟弟的高利贷的利息，把他们送回老家，而自己，则到了深圳。石头发誓要在深圳赚很多很多的钱，不管用什么手段。

李东晓没有说安慰的话，他们这一代人，总是骨子里以为自己是富二代，在臆想中度日，空虚而快乐，一旦色彩斑斓的气球被戳破，只剩下皱巴巴的塑料渣子。石头如此，李东晓亦如此，正如每个人的不同程度。

"你知道为什么最后宣布的首席记者是我不是你，你知道我为此付出了多少的努力？算了，这个也没意义了。"

"我猜到了，之前我们的工资条被晒到网上，是你栽赃给我的吧？"李东晓其实早知道，老王临时换掉首席名单的原因，只是没想到是石头在背后操纵。

石头努力表现得很淡定："东晓，你不用和我说什么，我只需要为我的错误埋单，我不需要道德绑架，不需要谴责我这个人有多么的龌龊。"

"其实，我来并不是要谴责你，我只是想知道真相。当然了，我们需要为自己的错误埋单，埋单的内容包括道德，而最难过的不是别人的道德谴责，而是你自己内心的坎。"

在李东晓离开包房的时候，石头没忍住，肿胀的眼睛早已含满了泪水。都说深圳满地黄金，可是每一块屑，都有自己的归处，每一条路都有序地车水马龙。离开了北京，生活并没有奇迹般地好起来，生存的游戏规则，在哪里都一样。

李东晓回到新闻路上，抱着一棵大树号啕大哭。他不知道自己难过的是什么，这个世界太容易把我们每个人都改变，或许一个举动就能改变周遭的轨迹，不留痕迹。人只有经历过突如其来的繁华和苍凉，才会成熟。大抵是如此，谙熟了这个世界的游戏规则，才会淡然处之，处事不惊。

他拿起手机，画面依旧停留在"语晴，我爱你"的对话框里。

"语晴，我好想和你聊聊天。"李东晓摁开语音键，发送了出去。

李东晓没期待会收到回复，可是手机马上就来了提示音。

"东晓，我在巴西被抢了手机，刚刚才补回来，你还好吗？"

"还好！你没事吧？"

"没事，就手包被抢了，手机已经买了新的了，手机卡和身份证等我回国再去补了。"

"等你回来。"李东晓觉得这是自己发过最深情的短信，每一个字都深思熟虑。

夏语晴在炎热的巴西里约热内卢，刚录完一期节目，筋疲力尽地坐在酒店的大堂里。因为要主持慈善盛典，夏语晴比其他同事晚到巴西。原本还以为自己一口流利的英文再也派不上用场了，没想到因此成了全组离不开的重要人物。从主持人到导演的转变，一切都要从头再来。三十岁的转身，在夏语晴看来，依旧是华丽的。她既是节目里的游戏导演，又是全组的翻译。

大学时，以为自己站在最国际化的香港，便看到了世界；毕业后当了主持人，以为身处媒体，便看清了天下事。可是真的走出来，才发现，世界很大又很小，只看不算；天下事复杂又简单，只看不准。

4

求奇村股份公司在文化广场后面，刚恢复了总经理职位的李国辉坐在办公室里，给来祝贺的友人耐心地泡着功夫茶。石头所在的营销公司，关门大吉，石头也被拘留了14天。石头逢人便说，说是14天，可是真的进去了，很容易就得抑郁症，不过我已经痊愈了。

李东晓邀请石头住进自己在明德公寓空出来的房子，他拒绝了，在求奇村租下了一个农民房的隔间，像很多刚到深圳的大学生一样，在这里落脚。自从夏语晴搬走了之后，李东晓一直没搬进去住，他不忍心去破坏里面的一切。会偶尔回到明德公寓的房子里，渐渐淡去的味道，和日益加深的思念，在李东晓心里此消彼长。

夏语晴会在朋友圈里分享每一个国家的趣事，她像一只跳上自己心仪舞台的小天鹅，尽情地旋转跳跃。《穿越五环》在特区卫视播出后，一跃上了当晚的全国卫视收视排名的第二名。

从报社出来，新闻路上依旧是一眼望到头，寒冬过后的暖阳，打在肩膀上。你有多久没有好好看过自己所在的城市，来往的车辆会让着行人，从后门挤上拥挤的公交车，把卡往前递，接力送到刷卡机前"嘀"一声后，还可以物归原主回到自己手中……

李东晓越来越喜欢这座城市，他可以光明磊落地实现自己的梦想。

"1，2，3，4；2，2，3，4；3，2，3，4；4，2，3，4……"梁佳佳正带着一群大妈霸占了中心书城前面的市民广场，喊着节拍扭动着身体。四周聚满了围观的市民，连平常歌声四起的街头艺人摊位，也暂停了演唱。

一场席卷全深圳的娱乐盛事，将会在这里盛大开放。不是金钟奖中国音超，不是鹏城歌飞扬，而是一场广场舞大赛！谁也没想到，几乎零成本的广场舞节目，居然成为深圳炙手可热的收视奇迹。梁佳佳凭借广场舞节目《广场霸主》，曲线从夏语晴手中夺回了文艺频道"一姐"的位置。

梁佳佳在广场舞大妈面前，像是真正的广场霸主，受到了拥戴。

李东晓的妈妈就是求奇村舞团的领舞，在掌声中以微弱的优势打败了南岭村舞团，成为市民广场的冠军。马上，他们还要到海心沙迎战广州杨箕村舞团，一路往北。因为《广场霸主》的成功，各个省市的地方频道都加入了特区台的联赛联盟，决出各地区的冠军。据说全国总决赛有可能在天安门广场进行 PK。文艺频道也凭借这档节目，咸鱼翻身，成了特区台创收最高的节目，一个月就完成了频道全年的创收计划。很多地方台都来特区台学习交流，一时间文艺频道成了学习的模板。传统的地方电视频道被唱衰的生态下，文艺频道犹如一缕新鲜的阳光，给传统媒体人带来了希望。

"以前，我不知道梁佳佳究竟是智商高还是智商低，我今天知道答案了，她能在这个位置，是因为她足够努力，就像打不死的小强。"李东晓和陆凯说。陆凯的"滚床单研究所"也越做越大，他憧憬着，要在新闻路弄一个体验店。

5

夏语晴是夜里抵达香港的，她曾经把最懵懂青春放在这座城市。第二天要从香港转机去东京，她特意把机票选在了晚上，白天她要去见一个人。她曾经想过带李东晓来，一直没机会。

夏语晴起了一个大早，坐地铁到了中环，然后沿着熟悉的山路台阶往上爬。刚下过雨的香港，像极了被繁华打湿的小镇，低声述说着她的绝代风华。

"九姨？"夏语晴见到了熟悉的身影，九姨两鬓斑白，一沓长刘海挂在耳际，围着围裙蹲在地上洗碗。店还没有开门，门口已经排满了食客。

"到后边排队去！"九姨抓着摞在一起的碗，挪着自己的粗腰站起来，用广东话回答夏语晴。

"九姨，我是语晴，夏语晴，你还记得我吗？"夏语晴拉着九姨，几乎用哀求的眼神等着她的答案。

"一样要排队啦！唔可以插队喔！"九姨说。

"你真的不记得我了？我以前在这里做过兼职！"夏语晴拉着正要进店的九姨。

"唔记得啦，唔记得啦！每日咁多人，边有可能记得！"九姨很不给面子的，走进了店里。正在排队的食客，奇怪地看着夏语晴不断地在辩解。

"真给我们内地人丢脸，有熟人也要排队的。"站在前面一个大妈转身用普通话嘟囔了一句。夏语晴没心解释，把挂在胸前的墨镜戴上，转身离开了九姨牛杂店。她沿着山路台阶往下走，又坐上了往深圳的东铁线，她要见另外一个人。

总有一些人，你以为你一直都在。你羞涩地保持着距离，温暖着自己，直到有一天你发现，那些念念不忘的人和事，早就把你忘记了。你以为的难忘，或许对方早就忘了。

6

离开新闻路三个月，季节的更迭，变得陌生了起来。

这种陌生，大概是因为夏天的故事里，从未有过李东晓吧。深圳的夏天真够热的，刚从的士下来，就恨不得把空调背在身上。

夏语晴补办了深圳的手机卡后，找了一家咖啡店，点了一杯冷饮，随手抽了一张纸巾，擦去脖子上的汗珠。自从没有当主持人后，她就再也没有化妆，素面朝天的清凉，才是自己最舒服的状态。

"小姐，电视台和报社的员工都可以打八折。"女仆装的服务员上前来。

"谢谢。"夏语晴摸出了自己的工作证。

"特区台的呀，我以前也是。"服务员声音甜美，"我也是这里的老板，有什么需要随时告诉我。"

夏语晴打量着眼前的服务员，面目清秀，露出雪白的牙齿，很享受地把自己调制的饮品端了上来。这是一杯用咖啡和苏打水调制的饮品，叫"重逢怪咖啡"。

夏语晴给李东晓发了一条信息：新闻路见！

一杯"重逢怪咖啡"喝完了，慢慢地身上的热气褪去，落地玻璃外，短袖衣衫的青年，脸上挂着夏日里的灿烂，一个个从眼前走过。最寒冷的一个冬天已过去，一切都开始热络起来，以最舒服的姿势舒展着。

李东晓或许会像往常一样回复：等我。

然而，手机一直没有动静。夏语晴点开了屏幕，把铃声的音量调到最大。

又叫了一杯"重逢怪咖啡"，夏语晴咬着吸管，盯着手机。

依旧是没有动静。

这是一个单恋的年代，我们单恋着梦想、单恋着喜好、单恋着友情、单恋着爱情……或无人等候，或单恋成双。互不亏欠，各自美好。

三个月，物是人非还是一成不变，夏语晴的心情在跌宕起伏中熬过。思绪还是冬日里的那张傻乎乎的笑容，尴尬时眼镜会起雾的男生。他会把精心准备的一切，用最轻松的口吻说：嘿，刚好顺便。

夏语晴喝完了饮料，没有再点。新闻路上热辣的太阳，完成了一天的炙烤，心满意足地藏了起来。电话那头，像是断了线的风筝，她跟着风筝跑呀跑呀，跑到路的尽头，那个风筝不见踪影。她拉着断开的线头，站在没有人的街头，失望地坐在路边。这一切，以熟悉的口吻，继续述说着。

或者，自己就是那个一直在追赶的人，而却未曾找到轻盈落地的风筝。幸福总是这样飞走，留下半截耷拉的线头。

"夏语晴，你好久没回来了，去哪里了？"

不知道怎么的，会惯性地走回到明德国际公寓的楼下，保安杨叔见到夏语晴，热情地迎上来。

"嗯！在国外做节目。"

"我还说呢，平常只见到你男朋友回来，很少见到你。"杨叔上前，他一直以为李东晓和夏语晴是情侣，"带卡了吗？要不要帮你刷电梯？"

"嗯，谢谢杨叔。"

夏语晴呆若木鸡，尔后又像鸡啄米一样拼命点头。电梯在四楼打开，右转，再左转，第三间。自己贴的过年春联，还完好无损地挂在门框上。南北朝向的走廊，过堂风拂面而过。夏语晴背靠着木门坐了下来。

或许是太累了，深夜在香港机场等转机，通知飞机延误后又被拉到了酒店，凌晨六点多才入睡，早上九点就起床。急切地跑回深圳的夏语晴，此刻才觉得困。

随便闭上眼睛都是梦，梦里的杜尹浩，梦里的李东晓，梦里的一切。他目不转睛地看着你，很容易被他的深情吸引，堕入他专注的眼神里。

她突然想起什么，伸手往报箱里掏，摸到了那片熟悉的铁片。因为担心自己忘记带钥匙，夏语晴把一根备用钥匙放在报箱里。夏语晴还掏出了一份报纸，竟然是今天的报纸。2016 年 6 月 9 日，《南方晨报》。

在头版头条的文章里，一个熟悉的名字浮现在眼前——"晨报首席记者李东晓报道"。

在华强北的店铺门口，老板热心地说："我们先给记者示范一下我们的纳米技术，几分钟的薄膜处理后，你的手机就具备了防水功能，可以扔进鱼缸里，还可以在水底下接电话。"

李东晓犹豫了一下，还是把手机递了过去。穿着白大褂的实验师，处理完后从一个烤箱似的炉子里把手机取出来，给大家示范。电视记者已经开机，准备记录下这一幕。

老板接过手机，扔进了鱼缸里，并且用自己手机对着李东晓名片上的电话拨打。

没有动静。

老板尴尬地把手机从鱼缸里捞出来，半截袖子都弄湿了。李东晓接过手机，任由怎么开机都不管用，就是打不开。店里乱成一锅粥，没想到邀请这么多记者来，竟然测试出了问题，还是记者的手机，慌得老板直瞪眼。

现场笑得前俯后仰，逗得老板也眉目舒展，跟着歪着嘴笑了起来。

"要不，李记者，我们先给你一台备用机。"

"只能这样了。"李东晓也很想笑，但是忍住了。

老板不知道从哪里弄来一部手机，递给李东晓。李东晓登录了微信，微信显示需要验证，便是让微信好友把"4534"这组数字发到自己的微信对话里，才可以启动微信。

李东晓能记住的电话号码很多，爸、妈、陆凯、老孙、小博、石头……还有夏语晴。他给所有记得的号码发了短信，只想尽早打开微信。没有微信，简直就是被世界遗弃，幽闭恐惧症油然而生。

"我是李东晓，手机坏了，麻烦把 4534 发到我的微信上，帮我通过验证。"

没一会儿，微信通过了。

"东晓，我在新闻路。"

"你回深圳了？"李东晓寡淡的兴奋，反而显得真实。

"嗯！"

"等我！"

"新闻路 71 号。"

在时光的河对岸，李东晓一直在看着她，专注、深情。或许这就是郭起歌里说的，你是我的小向往。

没有告诉你

你究竟有多好

我默默地守护着你的小向往

太用力会把你捏碎

站在对岸看你

微笑就好

花开一轮

花落一季

愿你

你再也不言离开

　　夏语晴看了一眼手机，时间已经是晚上八点，香港飞往东京的航班已经起飞，夏语晴对着手机翻了一个白眼，嘴角上扬。

　　屏幕里的倒影，是一张清澈的笑脸。

　　这条不到一公里的路，是深圳最短的路，或许我们要花一辈子去走完。